Best Time

白 马 时 光

活着活着就100岁了

[韩] 金亨锡 著　孟锐涵 译

图书在版编目（CIP）数据

活着活着就一百岁了 /（韩）金亨锡著；孟锐涵译
. — 南京：江苏凤凰文艺出版社，2021.7
ISBN 978-7-5594-6053-0

Ⅰ.①活… Ⅱ.①金… ②孟… Ⅲ.①散文集－韩国－现代 Ⅳ.① I312.665

中国版本图书馆 CIP 数据核字 (2021) 第 106172 号

＜백세 일기＞
Text©2020 by Hyung-Seok Kim（金亨锡）
Published by arrangement with GIMM-YOUNG PUBLISHERS, INC. through Rightol Media.
本书中文简体版权经由锐拓传媒取得 (copyright@rightol.com)。
Simplified Chinese translation copyright © 2021 by Beijing White Horse Time Culture Development Co., Ltd.
All Rights Reserved.

活着活着就一百岁了
HUOZHE HUOZHE JIU YIBAI SUI LE

[韩]金亨锡 著　孟锐涵 译

责任编辑	孙金荣
特约策划	夏　童　杨　帅
特约编辑	杨　帅
装帧设计	◆ 棱角视觉 ANGULAR VISION
出版发行	江苏凤凰文艺出版社
	南京市中央路 165 号，邮编：210009
网　址	http://www.jswenyi.com
印　刷	三河市兴博印务有限公司
开　本	787 毫米 ×1092 毫米　1/32
印　张	7.5
字　数	132 千字
版　次	2021 年 7 月第 1 版
印　次	2021 年 7 月第 1 次印刷
书　号	ISBN 978-7-5594-6053-0
定　价	49.80 元

江苏凤凰文艺版图书凡印刷、装订错误，可向出版社调换，联系电话 025-83280257

写着今天的故事,
期待着新的明天。

【金亨锡】

目录

CONTENTS

001　序言

第一章　活到一百岁的秘诀

007　早上六点半，半块烤面包
011　散步二十年的延禧洞林间路
015　六十岁开始游泳
019　老太太们很恐怖
023　人生的三个阶段
027　迎接第一百个新年的心境
031　像九十八岁一样活着
035　我活到一百岁的秘诀
039　甘地和托尔斯泰的教导
041　看云的时间变长了
043　晚熟的人会很幸福
047　不太懂事的人看起来更显年轻吗

第二章 我还不是古董

053　二〇一七年发表了一百六十五次演讲

057　我碰到长得和金亨锡教授一模一样的人

061　这里的人为什么不鼓掌呢

065　会踢点儿球的哲学教授

069　我也在变老吗

073　我也会变成那样的吧

077　应该谎称她是自己的女朋友

081　女朋友都逃跑了

085　长命百岁是一种祝福吗

089　我还不是古董

093　外孙的结婚礼金

097　向"消费就是美德"的时代说抱歉

101　我什么时候能懂事呢

105　能活这么久，真厉害

第三章 爱是实现正义的途径

111　生日当晚要饿肚子才行

115　晚出生两分钟，是我的良心

119　妻子的展览会

123　妻子的爱

127　最后一次做司仪

131　爱情走向成熟的三个阶段

135　情比血浓

139　无言的礼物

143　第二故乡——杨口

147　青蛙的交响曲

151　陶瓷爱恋

155　送别道顺

159　最幸福的那些瞬间

163　不要报答我，去帮助别人吧

167 爱是实现正义的途径

171 总念叨自己是美男子的金泰吉教授

175 H兄,我想你了

179 我要爱更多的人

第四章　看到年轻人,我就会变得热血沸腾

185 读高中的时候谈过恋爱吗

189 美好的爱情会和人一起成长

193 九十二岁的老爷爷说了非敬语

197 十四岁的祈祷

201 两位老师和两位朋友

205 给前辈拜年的时候很开心

209 压岁钱和零花钱

213 我的人品该打多少分呢

217 不要培养在良心上有"前科"的人
221 德国交换生为什么哭了
225 看到年轻人，我就会变得热血沸腾

228 结语

序 言

我从四十岁开始写日记，三十岁之前主要是受家庭的保护，并在学校的教育环境中成长。到了三十岁，开始逐渐想要形成独立的人格和自我。而从四十岁开始直到现在，则想要遵循自己生存的意义和社会的价值活着。

我希望把一名自由的知识分子的信念贯穿始终，当一名像模像样的教授。在大学的时候，辞去职务就是这个原因，在社会上活动也只参与符合教授言行的事情。社会上通常说"身份（identity）"，希望我的整个生涯可以遵从一种身份，不会发生异化或者变质。我接受宗教信仰是为了精神的自由，所以满足于普通信徒的身份。我想要努力远离社会上的显达和名誉。如果这种创造性的"知性"能够被接纳,那么于我而言,就没有比这更大的荣耀了。

如果说我还有另外一个信念,那就是活在世上,我希望能够获得精神层面和人性层面的成长。因为在幼年时期,我曾从病入膏肓重回健康。虽然身体会衰老,但是精神的成长会持续很久,所以人的素养和德行在有生之年应该得到延续。我不想放弃学习和面对新生事物,因为这些会给我带来精神上的提升。我觉得这种提升不仅是在著作和思想方面,在生活上的改善也是长期可能的。正是这种提升,人无论何时都会抱着可以重生的信念去生活。

四十岁之后,我意识到自己所做的事情具有社会意义。学校教育自然不必说,我逐渐发现社会教育也可以结出硕果。我做了很多事情,而且到现在也没有停下来。

我为什么要做这些事情呢?答案很简单,是为了帮助更多的人能够像人一样地活着。就算我做的事情像是一百个人在做的一百种事情那样纷杂,但目的也都是一样的,是致力于让更多的人可以因为我做的事情,获得幸福和自由,提高生命的价值。所以我为了能够一直工作而学习,通过学习去做更有价值的工作,我想继续这样的人生。

为此,我需要进行自我审视和反省。为了看清自己的样子,我经常照镜子。为了自己的人生和人格,人就不能不经常审视自我。我为了成就而自我提升、革新,为了寻求生命的意义而写日记。写日记成为我迎接新起点的课题。我读着过去两年间的日记,写着今天的日记,期待着新的明天。

日记是我爱自己的一种方式。

第一章

活到一百岁的秘诀

我为自己想做的事情倾注心血,
这种努力一直引领着我活到了一百岁。

> 或许吃自己想吃的食物,
> 才是回应身体的需求。

早上六点半，半块烤面包

我六点半开始吃早饭。认识我的人会问，一个人生活为什么还要这么早吃饭。这确实是有原因的。最近社会上也有早餐聚会变多的趋势，忙碌的人们利用早餐时间聚在一起。我有时会被邀请在这种聚会上发言，为了能够承担起这种责任，需要先养成早起吃饭的习惯。

我的早餐在过去的五十年里几乎没有变化，一杯牛奶、一个鸡蛋、半块烤面包、少量南瓜粥、水果、半杯咖啡即可。到了九十岁之后，早餐的量逐渐减少，但是并没有放弃。

都说长寿的人会少食，但并不是刻意节食。随着年龄的增长，不仅仅是活动量变少，胃功能也会衰弱，饭量自然会慢慢减小。九十九岁之后，即便是劝我多食，我也会推辞。面食、土豆、大米，我都不挑。但是我如果吃了面包和土豆，有时候会一整天不吃米饭。

为了健康长寿，我认为比起肉食，吃素会更好。但是从多种食物中摄取多种营养是好的。我现在也不挑食，肉食、生鲜、蔬菜都会吃。吃肉是为了有力气做事情，同时也是因为我想吃。有时觉得或许吃自己想吃的食物，才是回应身体的需求。

午饭虽然也在家吃，但还是在外面吃得比较多。因为是独自生活，所以很多时候午餐会和熟人一起吃，这对精神的健康也有帮助。有时候我也会邀约朋友在西餐厅、中餐厅、日餐厅之间辗转寻找美食。于我而言，这一餐是一天中的"主餐"。有人会觉得出去吃饭比较奢侈，但其实有些餐厅和在家吃饭的差别不大。而且考虑到社会经济的发展，抛掉一些"节约和储蓄就是美德"的观念会比较好。只有金钱流通，经济才能运转。即便是像我这样的老人也不得不认同：在有余力的情况下，进行适当的消费是有价值的。

对我来说最遗憾的是要一个人在餐厅吃晚饭这件事情。几年前，有一次我在吃晚饭，服务员问："您怎么一个人，没有和夫人一起吗？"我不知道怎么说，便答道："一个人过着过着，就发现想要结婚的话已经晚了。"一名女服务员说："原来是这样！那还真是太晚了。"说着女服务员独自笑了。那些服务员应该也是觉得，在雨天的晚上，老人一个人吃饭看起来有些凄惨。

我到了五十五岁之后，觉得食物和健康的联系最为紧密。年轻的时候运动量比较大，所以就不在意自己的饭量。现在则是比起食物的量，不得不去在意它的品质。如果我之前需要吃一块烤面包的话，现在只需要半块就够了。但是我对每一餐都抱有感恩的心，每次坐在餐桌前，我都想要通过贡献自己的力量，去报答食物带给我的健康。

> 那段时间我比谁都爱这座山。
> 大自然会被爱它的人所拥有。

散步二十年的延禧洞林间路

我离开故乡来到首尔有七十余年了，曾经和孩子们说笑，从泰国移民来的人就是泰国泰氏，如果有人根据最初故乡的名字——永登浦金氏来登记户籍，我们就是西大门金氏。我们世代从西大门开始，四散在韩国、美国、德国等地方，所以可以有这种说法。我更是如此，在奉元寺下面的小区生活四十余年之后，来到延禧洞也有二十余年了。我好像会在这里了结余生。

我选择居住在延禧洞是出于两方面的考虑。家后面的野山可用来散步，同时山坡上面还可以看到大片的天空，能远眺到安山和汝矣岛的风景。我们家的后山从安山山脉延伸出来，没有名字。但现在已经成了可以散步五十分钟左右的林间路。刚开始我会走这条小道四分之一的路程。这条道很窄,树丛很茂盛。一两年之后,我散步的路程开始变长,因为开拓了新领域。我算是成了这条林间路的主人公。

后来区政府拓宽了道路,围上了铁栅栏。南边的村庄还建了运动场和小朋友的游乐场,在多个地方修建了台阶,安置了木椅子,算是有公园的样子了。慢慢会有行人经过,散步的居民也变得多了起来。我在这里散步了二十余年,就像守山人一样把它的变化都看在眼里。因为旁边有外国学校和延世大学,所以经常有待了两三年的日本人、中国人和美国人来这里,他们中还有几个学生从我家领养了小奶狗带回了自己的国家。

那段时间我比谁都爱这座山。大自然会被爱它的人所拥有。除了在国外那段时间,我总是乐于散步。散步的过程对于我精神上的产出也有很大帮助。我将散步过程中产生的想法编成了十余部书,很多演讲内容也是在这里得到整理的。可以向读者和听众分享我在这里获得的精神财富,这是一种幸运。

报纸上说今天天气回暖,微尘浓度也正常,我就小心地踏上了被白雪覆盖的山路。这座山和山上的风景向我告知一年四季,让我懂得了自然之爱。我在路上和遇到的人友好地打招呼。熟悉我的人或者我的学生会和我寒暄:"老师，我们把这条路称为'哲学家之路'，就像是被老师您的哲学覆盖着的路。"

我已经快一百岁了，感怀会时时涌上心头。冬天过去之后，我又开始了早晚的散步。太阳被山托起来的时候，还有日落西山的时候，最美。

人生好像也是这样。

到了一百岁，我生命中的夕阳来了，我想要看到它比朝阳散发出更庄严的光芒。

当你还想再做一会儿运动的时候,
记住见好就收
才是能够长期享受运动快乐的秘诀。

六十岁开始游泳

临近六十岁的时候,我开始感觉到为了身体的健康,一定需要做一些运动。虽然我觉得爬山会比较好,但是因为需要大量的时间,就断了这个念头。我也尝试了网球,但因为场所和时间的限制,而且需要同伴,所以也中断了。我就开始寻找能够一个人做,同时不受时间限制的运动,就这样和游泳结了缘。我是五十五岁之后开始游泳的,算是坚持了将近四十年。

我选择了去南山的体育馆,因为那里可以随时自由使用。在近四十年的时间里,我几乎一直都在享受着游泳带来的快乐。每次在水中的时间大概是三十分钟左右。为了膝关节的健康,我一般还会做腿部拉伸。在国外旅行的时候，我也会订有泳池的宾馆。游泳不仅可以缓解久积的疲惫，还可以让人重新焕发工作热情。

就这样一直持续到了九十岁。后来因为南山距离家比较远，没有了汽车和司机，我就更换了游泳场所。但是因为年过九十，所以哪里都不肯接待我。后来我儿子到处打听，有人介绍了西大门区政府运营的文化会馆，那里刚好有为了关爱老人而准备的泳池，每周可以在固定的时间使用三次。

我提交了居民证和申请书之后，那里的一名女职员问我，明明是七十三岁，为什么要写成九十三岁，然后帮我修改成了七十三岁，并办理了会员卡。估计超过九十岁的老人应该是没有会员资格的，但看我的样貌又像是七十三岁左右。我暗暗担心，如果被发现我其实已经九十三岁了，会不会被赶出来。因为害怕会有人查询，我就躲躲藏藏地在这个游泳馆又度过了四五年的时间。现在我又放心大胆了起来，大家也逐渐开始认识我，我的年龄也无法再隐藏了。应该是在高丽大学哲学系任教的一对夫妻开始出现在体育馆时，我开始暴露的。

但现在我每周下午也会隔三岔五地去游泳，并从中获益。这里的职员虽然知道我的真实年龄，但也都默许了我的这种行为。我好奇他们是不是觉得百岁老人看起来很可怜，所以才故意装作不知道的样子。

我会跟自己的后辈和熟人说，到了六十岁之后，为了身体健康，要进行适当的运动。运动和不运动的人，到了八十岁之后，会突然产生很大的差距。我觉得自己在上中学的时候骑自行车上下学，对健康还是有帮助的。现在在城市生活的人，因为使用汽车比较多，腿部运动不足，会首先诱发关节疾患。我认为游泳可以顺带锻炼腿部，同时也属于全身运动，对下半身和腿部关节有益。我偶尔会担心，再过一年，等我活到一百岁，是不是也要拄拐杖。但目前还好，所以很感谢游泳带给我的益处。

当你还想再做一会儿运动的时候，要记住一点：见好就收才是能够长期享受运动快乐的秘诀。我觉得喜欢做事的人是健康的。懒惰的人、逃避做事的人，是无法获得健康的，同时也丧失了人生的价值。就像运动是为了健康一样，身体健康也是做事的前提条件。

> 如果能够养成一种好的生活习惯，
> 会因此减轻压力。

老太太们很恐怖

进行心理谈话和治疗的人有时会被劝告养成一种习惯，如果能够养成一种好的生活习惯，会因此减轻压力。

从外地回到首尔，为了缓解疲劳，我都不会直接回家，而是先去游泳。同行的人会觉得奇怪，但是我通过游泳，可以缓解所有疲劳，释放所有压力。这已经成了一种习惯。今天是周末，我抽出了时间去游泳，觉得身心轻快。我的朋友则是根据自己的习性，选择了定期爬山。

今天游泳之后坐公交车的时候，我遇到了曾经一起去专为老人准备的游泳池游泳的人。我说："最近没能在规定的时间去那里游泳，所以有时候会去其他游泳池。"我和他有着长期一起游泳的情分。

他说:"情况允许的话,我也要换个游泳池了。这里虽然费用比较低,只要按照规定的时间游泳就可以,交通也比较方便。但这儿却是老太太们的天下,我们几个人勉强挤进去,确实不行。之前的五六名男性会员,最近数量在减少,感觉过不了多久,我估计就会被赶出来。有时候慑于老太太们的淫威,连游泳的趣味都没有了。"事实上我也这么觉得。老太太们会两三个人在一个泳道自由地游泳,但老头子们却五六个人都挤在一个泳道里。我曾鼓起勇气去了老太太们的泳道。因为无论在哪里,都是男女一起游泳,我拥有到人少的泳道和她们一起游泳的权利。

但是身高比我高、也很胖的老太太严厉地说:"这里专供女性使用。"没办法,我只能被赶了出来。我找到长期来游泳的八十多岁的老前辈,表示了不满和抗议。"在这里待了很久的前辈,请您去帮忙指正一下。"那位前辈比我还要矮小,听了我的话之后说:"就算说也没有用,我害怕这些老太太,话都不敢说。我们最多也就五六个人,老太太们得有四五十人,体育馆好像也不是很欢迎我们。"所以老头子们士气受挫,丧失了发言权。还有在公交车里遇到的人,我虽然没有和他们交谈,但好像也是害怕老太太们。

人到了八十岁左右,不光是在游泳馆,在家里丈夫也要在妻子的威慑下生活，看眼色要零用钱。日本女性承认，只要丈夫没有退休金，就会想要把他赶出去。这样下去的话，或许世界就会变成女性社会，像我们这样的老头子，会被认为是没有存在价值的人。也没有地方可以申诉。

只要是能做事,
哪怕是对近邻亲人提供小小的帮助也是好的。
而我要为自己做的事已经全部做完了。

人生的三个阶段

本月六日,在春川的翰林大学举办了日韩促进两国亲善交流的和平论坛。因为举办方觉得我经历了最长久的日韩关系,就委任我作为韩方的主要发言人。一进会场,我就看到写着"百岁哲学家金亨锡"的横幅,日本的会员也有一百五十余名,让人觉得有点儿害臊。

最近我觉得自己似乎在倚老卖老。就算我演讲的内容一般,也不希望广告上出现类似"演讲者已经一百岁,快来看看他有多老"这样的宣传。在回程的车里,我再次陷入"人应该活多久"这个命题的思考。

我尊敬的一位哲学教授曾坦言,面向黑板三十年,背向黑板三十年,人生就结束了。意思是说他作为学生三十年，作为教授三十年，等老了之后就回归家庭了。当时我也马上要六十岁了，以为再过五年到了退休年龄，就会无法再提供生产力。

但是六十岁之后，我依然可以像模像样地授课，对于学问的热情也依然高涨。所以我觉得虽然学校教育结束了，但是社会教育才刚刚开始。这激起了我的胜负欲。到了七十多岁之后，我写了《历史哲学》《宗教的哲学性理解》等作品。金泰吉教授的《韩国人的价值观》，也是在他七十六岁的时候完成的。还在努力工作的朋友们都有这样一种感觉，人即便到了七十多岁，依然能够完成创意性的文学著作。

有一次，我陪着哲学家郑锡海老前辈走了很长一段路。那时候郑教授九十二三岁的样子。他看着我问道："金教授今年多少岁呀？"我回答说七十六岁，他沉默了一阵子，羡慕地感叹道："真是黄金年纪啊！"又说："我曾经也是这样的年纪……"语气中好像有些遗憾。

我与友人们一直在学习，并从事写作和活动。金泰吉教授近九十岁高龄仍在认真做事。安秉煜先生九十二岁最后一次在电视上露面，直到那天，还在对那些作风不正的政治领导人给予忠告。我也从不认为九十岁之后，人的精神或肉体就衰老了。我依然投身于写作、授课，并且发表演讲。我觉得一直到九十岁为止，都是对七十五岁的延长，而并非人生的终结。

今后我的人生应该分为教育的三十年，职场工作的三十年，以及作为社会人获取成功的三十年，经历这些后，我觉得这种人生也不错。而超过九十岁以后，则因人而异，很难一概而论。因为寿命虽然可以延长，但想要继续投身事业却不容易。所以我下定决心，只要是能做事，哪怕是对近邻亲人提供小小的帮助也是好的。而我要为自己做的事已经全部做完了。

> 每次听到人们说,
> 希望我能陪伴他们更久,
> 我就下决心一定要做到。
> 我想报答大家的爱。

迎接第一百个新年的心境

我还没怎么等待,新年就大步流星地走来了。于我而言,新年的到来,是我人生夕阳到来的信号。因为过去越悠久,未来就越短暂。

但在过去的一年里,我忙忙碌碌还是做了很多事情。我试着算了一下演讲的次数,总共是一百八十三次,几乎是两天一次的频率。随笔我也一直在写,每周都会向《朝鲜日报》周末版《不管怎样,周末了》专栏投稿,同时向《东亚日报》每月投一次短评。这一年总共写了六十余篇稿子。

我还出了几本著作。在季刊杂志《哲学与现实》上连载了三年的文章《朝向故乡的路》出书了。在基督教专属TV中演讲的内容《为什么我们需要基督教》也出书了。《圣经》讲座的部分内容也被编辑成了《教会以外的天父之国》出版。我和哲学界后辈及学生们一起执笔的《永恒与爱的对话》也出版了。这些是汇集了我的思想与人生的文字。我之前写的《百岁哲学家的人生,希望的故事》《百岁哲学家的哲学,爱情故事》两本书也再版了。

到现在这个年龄,还能做这么多事情,我自己都觉得激动不已。但如果没有读者的帮助,这一切都是无法完成的。

如今我负责的三件事情,其中两件是在二〇一九年完成的。首先是《圣经》研究聚会的落幕。聚会持续了几十年,举办超过了千余次。十三年来,每月一次的周二聚会,在年末画上了句号。现在只剩下在江原道杨口举办的人文学讲义,预计还要持续一年左右的时间。

聚会最终结束时,我觉得十分落寞,如今再也不能和那些情谊深厚的人在同一场所见面了。虽然万事都有始有终,但我仍然无法摆脱内心的空虚感。

现在的我,可以连续站着讲半小时;如果坐着,我可以讲一个半小时。非常感谢听众们的认真倾听。希望我能够像现在一样,一直到年末,也不需要使用拐杖。不然,我会对听众怀有歉意。演讲结束后,我还会和大家问好并且合照。虽然会有些累,但还是想面带微笑,向大家表达我的谢意。这和我的演讲一样,都是用心给大家准备的礼物。

今年我已经一百岁了,不管怎样,我还是想给大家留下一些新的精神财富。问题似乎在于我到底还能对多少朋友乃至社会给予关爱。每次听到人们说,希望我能陪伴他们更久,我就下决心一定要做到。我想报答大家的爱。

不是一百岁,
而是"第二个九十八岁"
就要被填满了。

像九十八岁一样活着

新年第一天,按照我们计算年龄的方式算,我已经一百岁了。我在觉得感恩的同时,又很担心。从两位数到三位数的过程是这么艰难的吗?我自己倒觉得没什么,但身边的人不会放任不管。

早晨,我出演了KBS的《清晨庭院》,讲了关于幸福的话题。从上个月月末开始,近五天的时间,《人间剧场》对一百岁的我进行了介绍。这样不知不觉地我也不得不问自己,从一百岁开始要怎么生活。我从八十五岁开始,身体就是一个综合医院。首先是担心维持身体健康的问题。我得了健忘症,会忘记客人是什么时候从哪儿来的。因为有事要下楼,但等到下去之后,就突然忘记了要做什么。

距离年末还剩两三天的时间,我进行了反省和研究,最后做了重要的决定:不要再老下去了,让我回到九十八岁,然后去世吧。我九十八岁的时候什么都不羡慕,写了两本书,发表了一百六十多次演讲,不需要助听器和拐杖。从今天开始,不管别人怎么呼唤我,我也要回到九十八岁,不要再变老。如果九十八岁可以再延长五年的话,就是我人生中最大的幸福和荣光。当然,说是希望还不如说这是我的贪心。但这也是最后的贪心了。相信亲近的朋友或者是熟悉的人会原谅我的这份贪心。

几年以前过年的时候,家人还会在上午十一点时,聚在一起做礼拜,互相拜年。最近因为弟弟们都老了,孙辈也变得多了,就各自在自家拜年了。只有儿女们会聚在一起给我拜年。他们会给我一些零用钱,这些钱我分了一部分给孙辈作为拜年的红包,剩下的留给自己。

过了九十岁之后,人会需要零用钱。但是从几年前开始,儿子和女婿都已经退休,我的收入在变多,他们给我的零用钱便没有上涨。有时候和儿女们去餐厅吃饭,之前他们还不这样,最近会先问道:"父亲来请吗?"我自信地回答:"当然啦!"所以他们对我就更加感谢。

结束了礼拜和拜年之后,会进行聚餐。今年是大儿子招待的,在美国的女儿寄来的餐费都归我所有了。但给予比起接受更让人感觉幸福,我有时也会一声不吭把钱还给孩子。午饭结束回来之后,就是属于我的自由时光,我会制订新的一年如何度过的计划。

写了三年多的文章,要在季刊《哲学和现实》上发表,在《朝鲜日报》和《东亚日报》上将近一年刊登的专栏文章,出版社想要编辑成册。还有一些帮助我的后辈们也有计划要做的事情。一直持续到今年四月的演讲邀请也来了。

如果这样,那么就不是一百岁,而是"第二个九十八岁"就要被填满了。希望我能够实现这个愿望。

> 我为自己想做的事情倾注心血,
> 这种努力一直引领着我活到了一百岁。

我活到一百岁的秘诀

一九六二年春天,我在美国哈佛大学参加了七十三岁的保罗·利希教授的终讲。随后,他被返聘到芝加哥大学任教,合同为期五年,直到他七十八岁合同才终止。

二十三年后,我在延世大学讲了最后一次课。考虑到晚辈们的未来发展,觉得还是以一名大学教授的身份讲课比较好,因此我决定这次终讲采用大学里正规讲课的形式。我现在把精力放在社会教育上,有时也到大学里进行特别授课。我还在为包括读书运动在内的市民社会团体做志愿服务,但我的经验是,个人举办的自由活动效果会更好。

退休后,我写了几本哲学著作,做了比在职时更系统的讲义,做了更多次演讲。我注重理论联系实践。年过七旬之后，我进行了深刻的反思，觉得自己并没有在精神上衰老。我想带着这种精神上的渴望，努力工作到九十岁。是我的这种思想成就了事业，而事业也继续让我精神矍铄。

就这样，到了九十岁时，我自己身上发生了一些变化。曾经一起共事的金泰吉教授和安秉煜教授相继离人世。我觉得即将轮到自己了，一阵空虚感袭来。我觉得自己精神面貌上没有发生变化，即使不再具有创造力，但依然精神抖擞，只是身体条件跟不上了。当时得到的人生教训是：无论是谁，只要努力，在六十岁到七十岁时，都能在精神上成长、成熟，并且利用在这期间的积累，直到九十岁依然可以为社会做出贡献，这是来自我的人生体验和自信。

如今我已迈进一百岁的门槛，感觉孤零零的。从现在开始，我要继续坚持好好照顾自己。虽然不知道在精神方面和工作方面会如何，但身体上的衰老仍在继续。我感觉精神与肉体之间的距离越来越大了。我认为自己还可以继续成长。我想做的事情还有很多，想给晚辈和其他人一些示范和帮助的意愿并没有减退。

说得好听一点儿，我为自己想做的事情倾注心血，这种努力一直引领着我活到了一百岁。我一生中工作最繁忙的时期，是从四十岁到六十多岁，以及从九十七岁到一百岁。再往后，我想继续像现在一样活着，继续做事。

正如歌曲《你老过吗，我年轻过》唱的那样："你活到一百岁了吗？我已经历过一百岁了。"人到三十岁之前是接受了完整的教育的。六十岁到九十岁，是学以致用、报效社会的宝贵时期。我相信人人都是这么活过来的。

"拥有"是为了给予,
而不是为了享受。

甘地和托尔斯泰的教导

在我这样的年纪,经常会收到提醒我注意健康的忠告。要注意防止跌伤,跌伤会致命。注意不要感冒,因为抵抗力弱,患肺炎的可能性很高。不论是像现在流行的新冠肺炎,还是流行性病毒肆虐的时候,都不能外出。

因为这些充满善意的忠告,过去两个月里,我一直过着隐居的生活。今天下午天气很好,身体状态也不错,我决定到很久没去的后山走一走。虽然很累,但我还是一直走到了有长椅的地方。山坡下长着一种我很喜欢的阔叶树。到了春天,叶子大部分都会掉落。为了能够长出新芽,叶子掉落下去,成为树木生长的肥料。所有人的人生和我的人生都应如此。

上中学时，我崇拜甘地，喜欢读托尔斯泰的作品。当时，我的一篇关于甘地的文章，还被收录进中学国语教科书中。为了深入探索他的精神世界，我曾两次到访印度。甘地晚年为了统一因宗教而分裂的印度，在去参加印度教祭典的路上丢了性命。有一位年轻人走过来，跪在甘地身边给予他祝福，并把手放在甘地的头上时，年轻人也惨遭枪击。甘地追求真理，与谎言做斗争，为了让暴力消失、让爱永驻人间，艰苦奋斗了一生。几年前，他的铜像被立在了英国国会议事堂前。比起英国的政治领袖，他受到的尊敬来自全人类。

托尔斯泰离开这个世界前，曾一个人悄悄离开家，漫无目的地游荡。他乘火车在一个乡村车站停下来，走进站长室避寒，在燃烧的火炉旁留下了"想去爱更多的人……"这句话。年轻时，他想从事当时贵族们都梦寐以求的职业——法官。他品读着《圣经》，为了寻求"人生的真谛"，选择了一条作家之路。他为拥有大量财产和农田而感到羞愧。他在寻找人生真正的意义和价值的过程中，终于找到了一条精神上的朝圣之路。

多年以后的今天，他们留给我的教导是什么呢？那就是远行的人不会背太多包袱。因为想登上山顶，会把重物留在山下。我们不能为了追求精神价值和高尚人格，而成为"拥有"的奴隶。"拥有"是为了给予，而不是为了享受。

看云的时间变长了

不知道之前的人是怎么生活的。最近天气预报都会对黄沙和雾霾情况进行特别报道,像我这样的老人,自然减少了外出,在房间里待的时间变长了。

但与此同时,我会拿起桌子上带有云彩图片的书翻看,透过窗去看广阔天空中云卷云舒的时间也变长了,这种感觉很好。在几年前,我曾写下"如果我还能行动方便十年,我想去学摄影,拍摄云彩的照片"这样的文字。或许读到这些文字的人也颇有同感,乃至于我收到了四本从国内外寄来的云彩图集。

当天空中看不到云的时候,我会从照片中去找各种形态的云。天气好的时候,在室外或者休息时间,我会和总是以新形象等待着看客的云朵进行心灵交流。

人生于自然，和自然共存，并在自然的怀抱中死去。一些人会喜爱自然界的一花一草，这样的人有着一颗善良的心。也有一些人喜欢小动物，这些人对生命有浓厚的情感和爱意。当然也有喜欢山的人，他们从雄伟的群山中获得坚强的意志和强大的信念。还有喜欢大海的人，他们有着宽阔的胸襟，梦想着遨游在浩瀚的世界。

但也有人完全不关心指引我们、陪伴我们的自然，他们不懂得自然的恩惠，感受不到爱。希望这是我的偏见。这些人普遍比较可怜，也常常是社会恶性事件的始作俑者。就算不作恶，也会因为封闭的情感和心态而饱受痛苦。

我是在人烟稀少的小村庄里看着天空中的云长大的。会经常跟着父亲爬上前面的山顶，看着在一望无垠的蓝天里形态万千又变幻莫测的云，这是当时简单的快乐。

等我年龄渐长，空闲下来就会去看云，会离开首尔去看山水。壮年时期，在世界旅行的途中也没有忘记看云。在和云做好友的时光里，不知不觉中我也得到了人生的教诲——清心寡欲的人会容易幸福。

我的亲朋里有年过百岁，活得健康而幸福的人。他们的共同点就是有着无欲无求的人生观。而"无所有"只是无欲无求人生观中一小部分中的一个特征。

晚熟的人会很幸福

现在回过头来看,我算是很有福气的人。初入职场在中央学校教书的时候,我在金性洙手下做事。到了延世大学之后,又和白乐濬、郑锡海、崔铉培、金允京、梁柱东等老前辈一起工作。其中最通情达理又富人情味的要数梁柱东先生。

他在我读中学的时候是崇实大学的教授,他研究乡歌[1],在日本和韩国学界都获得了肯定。他甚至经常自称为韩国的"国宝一号",但是有时候,他又流露出像孩子一样的童真。

---

1 乡歌:出现于六、七世纪之交,朝鲜最早的国语诗歌。

很久之前，兴士团曾经主办周五讲座，经常邀请一些著名人士进行演讲。有一次他被邀请做演讲，询问演讲报酬是多少。职员说每小时三万韩元，他就对职员说："我讲两个小时，能给我六万韩元吗？"他们就这样达成了协议。

结束演讲后，梁教授催促道："我需要赶快去另一个地方，把演讲报酬给我结了吧。"负责人说："刚刚您夫人来了，已经收了报酬了。"梁教授很沮丧地说："那我岂不是白辛苦了，为什么没有经过我允许就给她了呢，六万韩元都给她了吗？我以为是给了她三万韩元呢……"

历史系的李教授住在梁先生家隔壁，有一次，他在寒冷的冬日看到梁教授在家门口坐着，就去问他怎么回事。他指着门的方向说：

"老婆生气了。"

"为什么呢？"

"演讲的报酬被我拿去喝酒了。"

"那来我们家休息会儿吧。"

"不了，这样今天就真的回不去了。"

李教授给我讲了这个听起来让人有些担心又可笑的故事。

还有一个故事。

安秉煜先生曾问我："梁教授年轻的时候是柔道选手吗？"我回答说："怎么会呢，我知道他的，不可能的事。"

然后他又说:"他在某地进行演讲时,曾说过:'不要看我这样,我年轻的时候可是柔道四段呢!'"后来我问梁教授:"老师,大学的时候您学过柔道吗?"他吃惊地回答:"我哪会什么柔道。"我再次问道:"听说是您对学生演讲的时候说的。"他想了一会儿,说:"噢,我曾经撒过谎……相信的学生就是傻瓜,我什么时候会柔道了。"又说:"金老师,你也认为我会吗?"他用奇怪的眼神看着我,我说是从安秉煜老师那边听来的。"安教授是我大学时的学弟,怎么会问这样的问题。"说着流露出觉得安教授不够懂事的表情。

这样的故事数不胜数。英语系的C教授觉得梁教授不像教授,甚至不太喜欢他。

梁教授被日本学者当作乡歌研究的先驱,得到了很高的评价。我为什么忘不了梁教授呢?可能是因为作为他的学生,从他那里得到了信任和认可吧。

> 身体的年龄让人无可奈何,
> 但维持精神的年轻是有可能的。

不太懂事的人看起来更显年轻吗

我的学生，同时也是我的晚辈S教授来了电话，说是几个同学聚一聚请吃午饭。我到了约定的餐厅，发现有同辈的朋友也在。

S教授给了服务员有趣的提议，如果按照正确的年龄顺序给我们五个人提供服务就会给小费。服务生看了一圈，先给拄着拐杖进来的朋友，然后是S教授，第三个是白发的朋友，然后在个子很高但是脸上皱纹很多的朋友和我之间来回看过之后，给那位朋友面前放了水。我成了最后一个。

大家都笑了，你一言我一语地说着。然后餐厅的女老板进来了，来到我的身边打招呼说，今天是餐厅里第一次来了百岁老人。大家都觉得有意思,笑了起来。服务生一脸吃惊的表情看着我。

为什么我会比小自己十五岁的学生还显得年轻呢?朋友金泰吉教授几番说过,懂事晚就会活得久。曾经在神学院的 H 教授,在身边人中算是不太懂事的,看起来很年轻,他经常会听到自己应该会长寿之类的话。很久之前我跟他说:"你儿子已经大学毕业开始工作了,你该要找找儿媳妇了。"他当即说了一些不着边际的话:"我连爱人都没找到呢,怎么对我说这样的话呢?"他比我小三四岁,很多人觉得他也就七十多岁。

美国的外孙大学入学的第一个夏天,发生了比这个更荒唐的事情。美国的孩子成为大学生之后,一般会离开家,放假时间也不会回家。我的女儿因为想念她的儿子,就制订了与众不同的计划,并嘱咐他:"暑假的时候在首尔的外祖父会来夏威夷演讲,你也来和外祖父一起待五天吧。"我也答应了下来,就这样我们达成了一致。韩人教会[1]的演讲也准备妥当了。

我到了火奴鲁鲁机场,女儿、女婿和外孙已经在等我了。第二天我们坐飞机去了夏威夷岛,女儿和女婿在前,我和外孙一起走在后面。来迎接我们的教会人员向我女婿

---

[1] 韩人教会:韩国人在国外创办的教会统称为"韩人教会"。

打着招呼,说着"从首尔到这里真是受苦了"之类慰劳的话。接受邀请的讲师是我,他们把女婿错认成了我。我女儿很慌张,一边说"这是我的丈夫,父亲在那边",一边介绍我。这下大家才重新和我打招呼。他们第二次向我打招呼之后,我的女婿因为被错认而羞愧得不知所措,脸红了起来,不知道该怎么办。我说:"你替我演讲就可以了,有什么可抱歉的。"以此来调节气氛。高个子又谢顶的女婿看起来确实像个讲师。

同龄的人有看起来不显老的方法吗?我曾想,身体的年龄让人无可奈何,但维持精神的年轻是有可能的。

第二章
我还不是古董

到了一百岁,我生命中的夕阳来了,
我想要看到它比朝阳散发出更庄严的光芒。

> 虽然演讲过程中我可能会遇到困难,
> 但是能够通过演讲和大家分享爱,
> 这让我的人生拥有价值。

二〇一七年发表了一百六十五次演讲

二〇一七年我一共发表了一百六十五次演讲,平均两天一次。时间允许的话,我都会去参加演讲,就算是已经有约,如果真心想去帮忙,我也会调整自己的行程,去参加演讲。这和酬金无关,只要是需要我演讲,路途遥远也好,走夜路也罢,我都不会拒绝。

比起早上,晚上的演讲会更多,大概七十分钟的时长。听众最多的时候,根据主办方的估算,有三千人左右,少的时候也有三四十人。如果考虑到在社会上的影响力,听众达到两百名左右的时候,我能感觉到演讲是有价值的。

二十世纪五十年代至七十年代的时候,崇实大学的安秉煜教授、高丽大学的赵东弼教授和我曾经被称为"演讲界的三剑客"。当时参加企业举办的演讲比较多。我们三个人一起去济州岛,赵东弼教授说:"各位,这么远来到济州岛做演讲,不知道有多辛苦,我是没关系,给我二十万韩元我就很感恩了。但是一起来的金教授就不能这么对待了,最少要五十万韩元才可以。"说完大家都笑了。演讲结束后,在回去的飞机上他又说:"晚饭得金教授来请。"

这样想着就开始怀念起以前的日子。虽然会开这种玩笑,但我们是真心想为韩国的产业化提供帮助。九十岁的时候,我想到了安秉煜教授曾经说过的话:"我们当时做的是清水演讲,从那之后所有的企业请的都是可乐讲师、雪碧讲师,像我们这样的凉水讲师,好像已经变得没有必要了。"[1] 这是为企业和社会经济所必需的伦理意识的消失而惋惜,是为从劳资纠纷看出爱国心的沦丧而担忧。

就我而言,最近针对五十岁左右的社会管理层,以及七十岁左右的老年阶层的演讲邀约在变多。在大的教会,为老年人准备的集会比较频繁,也会有之前的学生抱着"看看能有多老"的好奇心来听演讲,也可能是因为大家看了

---

[1] "清水演讲""凉水讲师",是指作者当时做的演讲内容是对于企业和社会的发展所必需的伦理意识的内容;"可乐讲师""雪碧讲师",是指从西方留学归国,提倡快速发展经济的讲师。

《活了一百年》[1]这本书。我演讲的大部分都是"人性化的生活是怎样的"这样的主题。我常常会向他们号召"一直到九十岁都要学习、工作,要充满活力地活着",因为这是活着的义务。

但是我去了这么多地方演讲,都没有遇到九十岁以上的听众。有一个看起来比较像九十多岁的人,我和他打了招呼交流之后,了解到他是之前在工商业联合会辛勤工作的金相赫先生。他拄着拐杖,耳朵已经聋了。据他说,我演讲的内容他没有完全听懂。当时我想,在自己变得更老之前要发表更多的演讲。哪怕对听众提供一点儿小小的帮助,也是令人幸福的。

虽然辛苦,但直到今年为止,为了能够继续演讲,我仍竭尽所能。我尽量不使用拐杖,直到现在也没有戴助听器,因为它只是让声音变得更大,对内容的理解并没有很大的帮助。这对于要在我旁边说悄悄话的人来说是最不方便的,本来应该是比较私密的内容,但我的现实情况却不允许。

因为可以演讲,所以我很开心。虽然演讲过程中我可能会遇到困难,但是能够通过演讲和大家分享爱,这让我的人生拥有价值。

---

[1] 《活了一百年》:金亨锡九十七岁时完成的作品,书中回顾了自己过去生活中的感悟。

在被我爱的人所爱着的那些时光里，
能够常伴他们左右的话，
我将不胜感激。

我碰到长得和金亨锡教授一模一样的人

每到秋季末,这里都会举办延文人赏[1]颁奖典礼。那是我参加第十二届时发生的事情了。乘坐电梯上楼时,我在六七名同乘者之中看见了吴铉京。他曾是我任职大学时期的学生,现在是一名演员。刚上电梯时,他便一直盯着我的脸。我也面向他,行了个注目礼,但他似乎也仅仅是在观察我的表情。下了电梯后,顺着人群,我便去了事先安排好的座位。

颁奖典礼结束后,我朝外走去。一个学生在去往停车场的途中遇见了我,问道:"老师,您在电梯里见到

---

1 延文人赏:延世大学文学院同窗会举办的文人授奖仪式。

吴同学了吗?"我回答:"他只是盯着我,并没有打招呼啊。""原来如此,吴同学刚才跑到我们老同学这里,兴奋地说:'我刚才在电梯里碰到了和金亨锡教授长得一模一样的人,是谁我不知道,但他真的和五十多年前的金教授长得一模一样!'"

其他同学纷纷解释道:"金教授还健在的呀!"他很惊讶地说:"真的吗?我们都这么老了……"吴同学似乎是把当年与崔铉培、金允经、郑锡海教授们一同执教的我,看成是与他们相仿的年纪,而他们早在四五十年前就去世了。他这么惊讶也就不足为奇了。

去年冬天,我去外地举办讲座,一位看起来七十岁左右的夫人找到我,激动地向我打招呼,并对我说:"老师您好,我是金牧师的妻子。以为金老师不可能会来到这么偏远的地区,所以我想大概是同名同姓,但是见到您,才知道您还健在。我误以为您跟牧师已经一起在天国了呢!"旁边的朋友也附和着:"我也听了您的讲座,更加确定您就是金教授!"她还说自己在梨花女高的时候也听过我的课。最先与我打招呼的那位夫人仍激动地对我说:"见到就像重生了一样的您太高兴了!"

我一时语塞,但还是笑着说:"去天国哪有那么容易呢?我应该多留在这个世上几年再去天国吧。""请您务必一定要常伴我们左右,以后也能像今天一样将这些话再告诉我们。"两位夫人说着便向我道别,消失在了人群之中。

那天夜里,我独自沉思。年近百岁,大家对我的问候也都一样,无一例外都是"请务必常伴我们左右"之类的祝福。可不知为何,听到这些的我,心情却变得更加沉重。在被我爱的人所爱着的那些时光里,能够常伴他们左右的话,我将不胜感激。

> 大韩民国是一个很小的国家,
> 但是它和大国一样,有着丰富的地域特色,
> 有着多种生活方式并存的乐趣。

这里的人为什么不鼓掌呢

上周二的时候,我去了忠清道比较偏僻的地方做演讲。讲堂里聚集了三百多名听众。因为是持续近八十分钟的演讲,我为了缓解疲劳和紧张,讲了一些故事,还说了一些比较搞笑的内容。

但让人意外的是,听众没有任何表情,也不笑。在别的地方演讲的时候,大家都是一片爆笑,连我也常常忍不住跟着笑。而忠清道的听众们,就算有人听到悲伤的内容,在眼镜后面流下眼泪,也只会无声地擦去。

我记不清演讲结束之后,从讲坛上走下来的时候有没有掌声了。几天前在首尔的一个教会做演讲,教会里的所有人都站起来为我鼓掌,掌声一直持续到我走出讲堂。我自己想了一下,可能我的演讲没能让忠清道的听众感到满意。

后来我问了和我一起坐电梯下楼的公司负责人:"我的演讲能给听众带来帮助吗?"他说:"是的,特别好!大家都在说还想再听一次。"我看到他也在认真做笔记,应该对我的演讲没有不满。

我在休息室喝茶的时候,两个熟悉的人也在那里。他们是从很远的地方赶过来听我演讲的,是我的忠实粉丝。我和他们也有一些情分,就问:"今天我的演讲怎么样?"其中一个人说:"我都忍不住要哭了。"另一个人也对我表示肯定:"您的演讲带给我另一种感动。"然后又说:"我们忠清道的人不怎么爱鼓掌。""但是在首尔的时候,好像大家会鼓掌?"我问道。"是呀,因为是在首尔嘛!"他答道。

在回去的车上我想了想,难道忠清道的人比起江原道的人更古板吗?还是说他们不擅长情感表达呢?我去江原道杨口发表演讲,已有五六年时间了。现在鼓掌的人数确实比之前多了,不知道是不是受到一起聆听演讲的春川和首尔听众的影响。人们都说江原道的人有着"岩下老佛"[1]

---

[1] 岩下老佛:岩石下面年久的佛像,指江原道的人性格庄重、沉稳。

的气质,可能忠清道的人更有庄重的两班[1]气质吧。

很久之前我到清州进行演讲,由于交通不便,晚了十分钟才到达演讲场地。我没来得及休息就走上了讲坛:"对不起,我迟到了。在首尔和京畿道的时候,交通还比较顺畅,进入忠清道后,不知道为什么,要等那么长时间的红绿灯,所以才迟到了。"听完我的话,所有人都笑了。我的朋友也有同感。安秉煜教授来自平安道,对这一点特别有共鸣。金泰吉教授就是忠清道人,他常常对我以礼相待。

大韩民国是一个很小的国家,但是它和大国一样,有着丰富的地域特色,有着多种生活方式并存的乐趣。

---

1 两班:是古代高丽和朝鲜的贵族阶级。上朝时,君王坐北向南,以君王为中心,文官排列在东边,武官排列在西边,即"文武两班"。

> 身高一百六十二厘米、体重五十五公斤的
> 哲学教授竟然是足球选手，
> 连我自己都不相信。
> 幸好还有在东大门绿茵场上踢球的照片，
> 我会给孙辈们看，
> 有时候也会在高中生面前炫耀。

会踢点儿球的哲学教授

因为俄罗斯世界杯,我晚上没能睡好觉。通常知道有比赛就会睡不着,等到应援之后就更疲惫了。我之所以关注足球、应援足球赛,是因为我除了足球之外,不知道其他比赛,没能接触到其他类型的运动,对于其他运动都是门外汉。

小学的时候,我会把邻居叔叔做的稻草团当作球来踢,然后一直到中学都喜欢踢橡皮球。在体育课上,我们偶尔也会进行足球比赛。读了大学接触社会之后,我和足球的因缘就断了。

过了三十多年后,延世大学的七名独立学院的教授要一起举办足球友谊赛。可惜的是,我们文科专业的教授几乎都没有踢球经验。实在没有办法,只能我站出来组队,开始为比赛做准备进行训练,所以我就成了选手外加队长。不管怎样第一年取得了胜利,我也算功不可没。所有教授都度过了和青少年一样愉快的时光。神学院的M教授还找到我,拜托我祈祷神学院可以获得胜利。

我在参加足球赛时还发生过一些小插曲。一九七〇年秋季举办的"延高战"中,由教授组成的足球队也出战了,我被选拔为成人队的选手。我穿着队服到首尔东大门赛场上,高丽大学的赵东弼教授开玩笑说:"延世大学是没有人了吗?连金教授都出战了。"结果延世大学取得了压倒性的胜利,我成了右边锋。胜利之后,我在两所大学应援团的欢呼声中走上冠军台,觉得非常自豪。虽然不是国际比赛,但我一跃成为受到肯定的选手。

事情还没有结束,当时受众很广的报纸《日刊体育》刊登了大韩足球协会会长张德镇和我谈话的内容,题目类似于"韩国足球的现实和未来"。因为高丽大学毕业的张会长选我作为谈话对象,我就意外地成了足球选手,就像是足球界受到关注的人物一样。

这是五十年前的事情了。现在我说自己之前是足球选手,谁都不会相信。身高一百六十二厘米、体重五十五公斤的哲学教授竟然是足球选手,连我自己都不相信。幸好还有在东大门绿茵场上踢球的照片,我会给孙辈们看,有时候也会在高中生面前炫耀。

  我想说：我的结论很简单，每个人都有一技之长，如果我专业踢球，就算比不上朴智星选手，也能成功，能赚到钱。

我的个人习惯甚于健忘症,
健忘症一般是会遗忘曾经的记忆,
但是我的习惯是不去记忆。

我也在变老吗

想起了一位关系比较好的同龄牧师。这是发生在三十多年前的事情了,他周日早上因为要传教,所以坐大巴去仁川,但是不知道教会在什么地方,就用公用电话打给了在家里的妻子,但是妻子也同样不知道。没有办法,他只能找到附近的教会,然后向一些监理教会打电话确认"今天是谁的演讲呢?",然后再打车到自己传教的教会,为此吃了不少苦头。

"到了六十岁,我也老了吧,得了健忘症。"他笑谈道。听了这些话我安慰他:"没关系,我前几天也是,去钟路吃午饭,结果从公交车上下来,进去一看却是书店……"

事实上我的个人习惯甚于健忘症,健忘症一般是会遗忘曾经的记忆,但是我的习惯是不去记忆。其中一项就是记不得遇到的或者有过交集的人的名字,我记不得学生名字这一点被广为人知。毕业生的谢师宴结束后,会有学生走到我旁边拜托道:"老师,我的名字是朴某某,请记住我。"我虽然口头上答应:"我会的。"但是等回到家,想要用笔记下来,就已经记不得学生的名字了。所以就给一些学生造成一种错觉,如果我喊了谁的名字,那就说明和他有特殊的感情或者他是知名的人。可是我经常能认出那些熟悉的面孔,就是无法想起他们的名字。

最近听我演讲的人都会羡慕我为什么记忆力那么好。几天前和哲学界的同僚们一起聊天,我说到"在一七八一年和一八三一年之间是德国唯心主义的鼎盛时期",大家都很惊讶。"你们不知道康德的《纯粹理性批判》的出版年份和黑格尔去世的年份吗?"我继续问道。所有人都更惊叹。我心想,自己靠讲演这些,谋生了这么多年,怎么会轻易忘记呢?看来我的记忆力还不错,我对此很满意。

但现在想来,这种习惯对于现实生活好像并没有什么帮助。我所了解的政治领域、经济领域和社会领域自然不必说,包括很多教授也是这样,可以记住很多人,并且与之很好地相处,不仅获得了成功,还获得了各界的帮助。像我这种除了一些深交的人就不再有社交的人,就无法得到那么广泛的支持。在仁川找不到地方的那位牧师,虽然有着很高的传教水平,但他也没能成为能够引领很多信徒的神职人员,因为他和我性格相似。

几天前发生了一件事情,我约了客人在旁边教堂里面的咖啡馆见面。我以为他是某个报社的记者,就想起了当时在写的稿件,和他谈了起来。那位客人笑着说:"我来拜访您不是因为稿件哦!"看来是我记错了。

我说:"不好意思,看来我最近也变老了,得了健忘症……"旁边听了我的话的两个人相视一笑。

> 如果不得阿尔茨海默病,
> 我还想再奉献一两年。

我也会变成那样的吧

是去年春天的事情了。在成为延世大学教授的那年,我和曾是新生的学生们一起吃午饭,结束后一个人去钟路2街的公交车站。一个学生跟了过来,问道:"您一个人可以找到回家的路吗?""当然能找到了,要不然怎么办呢?"我答道。"先父八十五岁之后就会经常找不到回家的路,所以出门会带着有电话号码的名牌。"他担心道。这是到了九十岁前后容易发生的事情,是阿尔茨海默病的初期症状。

我的朋友也会在演讲的时候忘记梗概,总是重复相同的话。从那以后,他就不再进行演讲了。其他一些朋友健忘症比较严重,需要妻女同行给予帮助,以防出现意外。

语言的遗忘也会分先后，遵循固有名词、普通名词、形容词、副词、动词这样的顺序。最先忘记的是姓名或者电话。因为忘记形容词，所以文章的句子会变短。但动词一直都不会忘记，像肚子疼、头疼这样的话，到临终也都能记得。

我的妻子曾经长时间患有此病，她虽然会把最近发生的事情忘得一干二净，但是会常常想起之前的事情。之前和我经常见面的 A 教授九十二岁的时候，见到我也会说出"金教授，真是好几十年不见啦"这样糊涂的话来。大概是错以为我是他的中学同学吧。我说："没想到我们还能活到九十二岁吧。"他则是一脸惊讶地说："我们真的活了这么久吗？"我虽然会笑着谈论这些，但眼眶也会湿润，因为觉得朋友好像在一点点远去。虽然，我也会变成那样……

我想起了前辈 R 教授曾说过，可能是因为妻子性格本来就很善良，得了阿尔茨海默病后，会经常从早到晚整理衣柜，把一个衣柜的衣服转移到另一个衣柜，然后重新变换顺序，又物归原位。中间丈夫进来，她常常会被吓一跳说："请问你是谁？我先生去学校了，不在家。"

所以当我跨过九十岁的坎儿，我觉得最可怕的病就是阿尔茨海默病。一个比较熟悉的牧师说："之后如果我得了阿尔茨海默病，可能会说出'上帝在哪儿？谁看到了？'

这样的话,那太恐怖了!"一旦有了这种想法,比起与疾病抗争的痛苦,人更担心会得阿尔茨海默病。

因为身边经常发生这样的事情,所以我到外地演讲的时候,都会与人同行。这是为了避免发生意外。而且从去年开始,我开始拜托听我演讲的家人和学生对我进行客观的评价。这是为了防止发挥不好,让听众失望。如果不得阿尔茨海默病,我还想再奉献一两年。

学生好像比自己老得更快,
这一点让我黯然。

应该谎称她是自己的女朋友

教师节的时候,我对吴同学的想念会格外心切,二十年来他总是打电话来慰问,一次也没有落下。我们初次建立师生关系时,我二十八岁,他十八岁。

他毕业于首尔大学法学系,毕业后回到故乡忠清北道的清州做公务员,同时也是个有名气的作家,后来成了忠北大学的教授。跟着我开始在社会上活跃,和他的关系也变得亲厚了。之前他有一次来首尔,我们一起去了他的母校——中央中学。为了留下在学校时的记忆,我们把一起拍的照片挂在江原道杨口[1]的"哲学之家"。

但是最近几年的教师节,他打来的电话经常不能顺畅通话,常常会以吴同学单方面的通话结束。因为他比我先耳背。"是老师吗?"他这样确认之后,就开始自说自话,然后常常以"去首尔的话会去拜访您的"这样不会遵守的约定结束通话。学生好像比自己老得更快,这一点让我黯然。

去年的时候,有熟人要去清州吊唁,我也准备趁机去清州,抽出一小时的时间和吴同学见上一面。他妻子因为身体不好没能出来,他在首尔生活的女儿回了娘家,帮我安排了和吴同学见面。

我们约定在街边咖啡店的二楼。吴同学就像是不想放开父亲手的小孩子一样,双手紧紧地抓着我的右手,坐在我旁边。因为过于开心,他反而好像不知道要说什么了。我说:"好久不见,你的身体看起来不如之前了。"他一边点头,像是在表示认同,一边看向女儿,意思是在说,你来回答吧。我听了他女儿的说明,知道他身体不是很好,即便他知道自己的老师要来,也没办法表现得那么欢迎。

---

1 杨口:位于韩国江原道北部,处于整个朝鲜半岛正中央的位置,所以也被称为朝鲜半岛的"肚脐"。

对于我们二人来说,一小时太短了。当时我预感到这可能就是最后一次见面了。电话来了,回首尔的车已经到达。我挽着吴同学的胳膊走下楼坐车。看到驾驶座上的女人,吴同学问道:"这位是谁?"我想要回答的时候,车已经发动了。于是,没能听到我回答的吴同学向我挥手告别。

坐在车里我就后悔了。如果我说"这位女性是我女朋友啊",吴同学该有多开心呀!我长期照看病中的妻子,现在也是一个人生活。非常清楚朋友们在为我担心,疑惑我为什么不再婚。如果我肯撒个小谎,吴同学肯定会说:"还是我老师厉害,一百岁了还有女朋友……"他会开心地和他的家人以及记忆中的朋友们说:"我呀,看到了金老师的女朋友了。"甚至会表现得比这还要热情洋溢。他也是如此地喜爱我,会为我感到开心。

几个月之后,我收到了他女儿的短信,曾经那么喜欢自己老师的父亲去世了。

到了一百岁之后,
仿佛之前的梦想都消失了,
我现在盼望的,
就是更多的人能够通过读我的书,
变得更加幸福。

女朋友都逃跑了

这是发生在上个月末周五的事情,我搭便车去了很久没去的艺术殿堂,去看画家夏加尔[1]的展览,期待着这次展览可以和他很久之前的莫迪利亚尼展览一样令人印象深刻。夏加尔的画总是充满故事性,饱含着乡愁。《维捷布斯克的上空》这部作品更是如此。观看展览之后,我就去了纪念出版的晚餐聚会。

去年我去了佛光洞,在主教堂的入口处看到了我演讲的标题"成为爱读书的国民",那天我说:"我们国家如果

---

[1] 夏加尔:1887—1985,法国画家、版画家和设计师。原籍俄国,1910年移居法国。

能和日本、中国一起引领亚洲文化圈的话就好了。想要达到这一点，需要做的基础工作很简单——要有很多人坚持读书一百年以上。在我看来文化繁荣的英国、法国、德国、美国、日本就是这样做的。"

两年前《活了一百年》出版后卖出十五万册，我觉得很感激的一点是五十至六十岁的中老年人群来读我的书。作为这本书的延续，我把《排练幸福》[1]的新版书籍也推出了。在内容和水准方面，这本书比上一部作品要稍高一些。为了纪念这本书的出版，我参加了出版社安排的晚宴。

这是个很简单的聚会，有十名左右的出版社工作组的成员等着我。P常务和我寒暄道："《活了一百年》受到很多读者的喜爱，这次出版的书的内容很丰富有趣，希望会有更多的读者喜欢。"大家都在注视着我的表情，期待我可以说句话。

我说："的确是这样，对出版社来说应该是件好事。但是对于我这个作者来说，不知道要承受多么大的伤害和打击。首先，我已经一百岁的事实被大家知道后，本来数量就不多的女性朋友，在一两年间都离我而去了。从现在开始，我的心情就是独自一个人战胜孤独，还要祝愿各位

---

1 《排练幸福》：金亨锡著作，2018年再版，讲述作者对于上了年纪和人生幸福的思考。

幸福。"说完大家都笑了。在我看来还很年轻的一名女职员，流露出"确实会这样啊"的表情。

吃过晚饭在回去的车上，同行的学生打趣道："老师，不要太担心了，说不定会有一百多岁的驼背老奶奶拄着拐杖来找您呢。"我笑着回答："到了一百岁之后，仿佛之前的梦想都消失了，我现在盼望的，就是更多的人能够通过读我的书，变得更加幸福。"

我觉得比起一个人的幸福，读者们的幸福更加珍贵。

像我这样的人觉得更难办。
我不能夸耀自己的年龄,
觉得这样会有些对不起晚辈或年轻人。

长命百岁是一种祝福吗

等公交车时碰到了邻居。我们互相打招呼,他问我:"对了,您昨天去教会了吗?"我说:"我有别的事,就没去。"

他是被我带到教会的一个晚辈。他说:"幸好您没去。我听了牧师的话,都觉得有些不是滋味。"

牧师传教的时候是这样说的:"我为国内老龄人口不断增多、出生率下降、青壮年没有合适的工作而苦恼。如果这样下去,一个年轻人要赡养两位老人。如果为了子女们考虑,老人们不应该活得太久。我也不知道自己应不应该活过八十岁。"邻居说:"三年后我就八十岁了。不知道您去了,听了牧师这些话又会做何感想。"说完我们相视一笑。

坐上公交车,我又笑了,想起了去年听到的一个故事。一个住在首尔的五十多岁的男子从小时候开始,就到水原向父亲的故交、一个疼爱自己的老人拜年。他整一整衣服,恭恭敬敬地向老人行大礼,说道:"祝您活到九十九岁!"如果像从前那样,老人肯定会和他促膝长谈,聊一聊离世的父亲,但这次老人却一言不发。他走出房间后,告诉了作为朋友的老人的儿子。朋友担心地说:"你说什么?你说要活到九十九岁?父亲明年就是九十九岁了。你这是在说'祝您再活一年'……"

他听了知道自己犯了大错,就又返了回去,说:"我再向您拜年,祝您老万寿无疆。"这时,老人喜笑颜开地说:"你远道而来,还是多待几天再走吧。明年还要来啊!"

客观地说,牧师的话有几分道理。不过当牧师活到八十岁,可能那时的想法就和现在不一样了。因为等到了那时,人最大的欲望就是继续活着。然后他就会觉得,如果所有人都活过了一百岁,那就会成为一个更大的社会问题。人生不是轻易就可以放弃的,同时也不是能用欲望来填满的。

像我这样的人觉得更难办。我不能夸耀自己的年龄,觉得这样会有些对不起晚辈或年轻人。所以,如果现在有人问我活多久比较好,我会说:"我会活到还可以工作,给别人尽到绵薄之力,直到我做不动为止。"

很久以前,我给孩子们撰写文章,卞钟夏[1]画家画插图,我们一起出版了一本童话书。画家一直处在与癌症做斗争的过程中,直到去世的前三个月,还在家人的照料下参与创作。对于这些希望可以给我们留下什么,并且真的能够给予我们一些东西的人来说,长寿就是值得骄傲的祝福。

---

1 卞钟夏:韩国西洋画家,用绘画探索韩国形象新的表达方式。

> 人生不是为了纪念过去而存在,
> 而是为了创造未来,
> 所以需要一直有新的开始。

我还不是古董

过去的六天是今年以来最冷的几天,我和几位老朋友一起去了杨口。我们参观了近现代史博物馆二楼的陶瓷展厅。那里依然是老样子,虽然空间不大,但陈列了从高丽时代到朝鲜时代末期的先祖们常用的陶瓷器具,这些是我之前收藏、后来又搬到这里来的,它们像是都在等着迎接我们的到来。这里还能看到赵芝薰[1]的诗《陶

---

1 赵芝薰:1920—1968,韩国诗人、文学家,和同时代诗人相比,其诗歌最突出的特点就是从中国传统文化中获得了大量创作素材和灵感。

瓷礼赞》，以及两幅金容镇[1]极具品格的文人画。

我对两位校长进行了简单的说明，然后走向了长久以来我放在枕边的朝鲜王朝初期的优雅的白瓷。就像是已经习惯了的那样，我在心里和它们打招呼："你们还好吧？能来我的书斋一起再多待一些时间也很好呢……"然后好像听到了什么声音，像是那些瓷器也在无声地回答我："我们是古董。在这里向热爱韩国传统文化的人展示我们的历史，我们对此很感激。但是您还不是古董，来这里的客人是为了看您的当下和未来，不是为了看您的过去。"

去湖水对面的"哲学之家"的时候，这些想法还在我脑子里面环绕。两位校长先生应该也是这样，观看了我的过去之后，想着在前面带路的我现在和未来的样子。

过了十多年之后，来到这里的人们会看到怎样的景象，会有怎样的感受呢？当然在公园的西北边可以找到安秉煜和我的墓地。沉默的墓碑上或许这样写着：这里埋葬着为了祖国和民族殚精竭虑的两位先生，虽然他们的时代已经过去，但是这种心意会长久留存。

然而我们二人希望来到"哲学之家"的人，比起关心我们的过去，能够找回关怀国家和民族未来的那份心意才是更好的。

1　金容镇：韩国近代书画家，韩国书艺家协会顾问。

一般来说，纪念馆是在主人公死后集合众议而建。但是"哲学之家"没能按照这种顺序。当时我们两个年过九十，都是无法回到故乡的人，安秉煜教授则是在病中，需要尽快准备安息之处。安先生当时是第一次去杨口，这也成了他最后的安息场所。当我每次站在安先生的墓碑之前，都会问自己，这是为了纪念安先生，还是为了传承他的精神而建的纪念馆。

两个多月后再次来到纪念馆。这里虽然是纪念我们二人过去的地方，但我同时明白了它更珍贵的含义——为了和我们一心的人的将来而创建。人生不是为了纪念过去而存在，而是为了创造未来，所以需要一直有新的开始。就像是麦穗儿会为了结出更多的麦粒而牺牲自己。

剩下的岁月我会努力工作，
打算在之后的生活中有了收入之后，
给自己花得少一些，
多用来帮助别人。

外孙的结婚礼金

在美国生活的小女儿的儿子上个周末结婚了,那个孩子小的时候,坐在我旁边的车座上,想要来摸他外公的耳朵。我把他抱在怀里让他摸,他就咧嘴笑了。我说着"还有这边的耳朵",把脸靠近他,他用两只手抓住我的耳朵很是开心。

他长大后从医学院毕业,通过了专业考试,在医院工作,也结了婚。我没办法去参加他的婚礼,只送了没多少金额的礼金。

今天早晨小女儿来了电话,反而想要给她父亲生活费。因为礼金是给孩子的充满爱的礼物,所以她非常感谢地收下了,声音里充满真诚。

大概是十年前,小女儿来电话说是有事情拜托我。我仔细一听,事情出乎了我的预料。她说,韩国的一名父亲把遗产给了大儿子,准备一起生活,但是没能遂愿,又去了其他儿子家里,但儿子们并不照料他。还有她熟悉的恩师,因为给事业失败的儿子做了担保,连自己住的房子都被扣押,老了之后流浪街头。女儿说着这些故事,担心我晚年的生活。

几个孩子进行了商议后给我忠告,说我肯定能活到一百岁,老了以后的生计问题要好好应对。让我不要有给孩子留遗产的想法,一定要把财产紧握在自己手里。还说如果母亲还在的话,我们也不会担心,因为父亲是一个人,所以会有些担忧。我有些担心地笑着说:"我会这样做的,但我真的能活到一百岁吗?"女儿说:"您肯定能活到一百岁。"

事实上我也有担心,把钱交给子女,让子女保管是会比较轻松。但因为老了,请求子女帮助的时候就更觉得有负担了。可是因为年龄太大了,我自己管理财产也不容易。刚开始是准备到九十五岁,后来准备了一直到九十八岁的生活费。但后来不知怎的,预感到自己怕是要活到一百多岁了,需要有更多的收入来维持之后的生活。我去年从两三家机构得到了奖金。有了这笔钱,三四年的生活是不用担心了。但这不是我赚的钱,并不属于我,也不是让我去使用的钱,所以我准备回报给社会。

我留够了一百岁之后的余生所需的生活费。就算是为了活得更久,也要继续做安排给我的事情。我想要努力赚钱,依靠自己的力量生存,如果有多余的财产,就用到需要它的地方。持有财产意义并不是彰显归属权,而是为了能够更好地发挥它的价值。真正富有的人,不是拥有很多财产的人,而是给予社会很多财富的人。

剩下的岁月我会努力工作,打算在之后的生活中有了收入之后,给自己花得少一些,多用来帮助别人。

> 只求回报而不给予的人生就是错误的人生。

向"消费就是美德"的时代说抱歉

在我这个年纪,经常会有想要见面的人或者需要见面的人。去年春天,在庆北闻庆生活的牧师来到济州岛工作。他虽然是第二代美国移民者,但在看过《永恒与爱的对话》[1]后认为自己是韩国人,于是就回到了韩国工作。有一次他还带着一本已经翻烂的书来找我签名,给我行了大礼之后就走了。

不久前,韩国著名的云题材摄影家金钟浩开车带着五幅摄影作品来到我家。我先是收下了编辑成册的摄影集,

---

[1] 《永恒与爱的对话》:作者金亨锡本人的散文集,谈及了人生、死亡、幸福、宗教等话题。

挑选出来一些照片重新进行装裱。其中的三幅作品被送到了位于江原道杨口的纪念馆。

金钟浩走进我家,看到空荡荡的客厅和二楼的书房后,感慨道:"没想到您过得如此清贫。"是的。因为不会过日子,身边也没有帮助我的人,所以没有添置过家具。书房里的桌子和旁边的抽屉柜,是邻居搬家时丢掉了后,保姆阿姨半夜搬进来的二手货。隔壁房间的四层书架也是捡来的。因为家里太空,保姆阿姨经常趁我不在家,将二手家具搬进来。我说:"太谢谢你了,但会有人看到的。"她说:"我怎么会出现那样的失误呢?"她并没有觉得这有什么丢人的。

卧室里的凳子是妻子的弟弟带过来的,是有着六十年历史的古董了。保姆阿姨并不知道它的历史。上个月有人搬家,把抽屉柜放在大门口,她又搬到了我这里。我问她柜子又大又沉,你是怎么搬动的。她说她搬了三次才搬进来,还说不要担心,没有人看到。我把书房里被当作书桌使用了二十多年的木板送到了杨口,因为找不到合适的地方,所以把它堆在了走廊里。它似乎在问我:"先生,我要去哪里?我可以再回首尔吗?"这是和我有着二十多年感情的老物件儿了。

也许是因为从小家里就一贫如洗,所以我没有添置新家具的勇气。又或者是觉得操心这些生活用品过于浪费时间，平时我会优先处理紧急而重要的事情，收拾东西或打扫卫生都不及时，更别说整理家具了。经济宽裕时，我觉得"消费就是美德"这个经济观点是有道理的。钱只有流动起来才能发挥它的作用。如果像我这样，一身西装要穿三十年，或者一双鞋要穿两年，会对西装店店主或做鞋类生意的人感到抱歉。只求回报而不给予的人生就是错误的人生。

如果我能再活十年的话，活得潇洒一些会怎样呢？我最近时常会有这样的想法。

我时常扪心自问,自己什么时候能懂事。
但很多学生又对我说,
我是让他们最感谢的老师之一。
而我所做的,不过是活到了一百岁而已……

我什么时候能懂事呢

对西欧文学感兴趣的人,会记得两位善于描写悲剧的作家。

第一位作家是写了《俄狄浦斯王》的索福克勒斯。俄狄浦斯一生下来就注定了杀父娶母的可怕命运。不仅国王和王后,就连他本人也难逃厄运的诅咒,最后自取灭亡。

另一位作家是莎士比亚。他认为人类无法克服与生俱来的性格。《哈姆雷特》的主人公哈姆雷特就是个典型代表。性格就是人的第二命运。一些研究行为科学的人认为,想要改变性格需要先改变习惯,想要改变习惯需要先改变行为。因此,有目的性的努力才是重要的。

但是性格确实是难以改变的。就像苹果树可以结出更多更好的苹果，但是永远结不了葡萄。性格就像铺好的铁轨一样，人是无法脱轨的。

最近，我反思过去，发现自己的性格很像奶奶和父亲。小时候我去爷爷家串门。吃饭的时候，奶奶经常让我多吃些，吃完一碗，又添新饭，最后把我弄哭了。奶奶赶忙说："好了，不想吃就别吃了。"好像自己做错了似的安慰我。

小学时，父亲让我参加演讲比赛。我把内容都背了下来，站在两百名听众面前，很多人都在盯着我。结果我连话都说不出来，哭着就下台了。从那时起，父亲就再也没让我参加演讲比赛了。

上初中时，每当听别人演讲或发表演说，我都非常羡慕。我以为我不会再有机会拿着麦克风，在众人面前演讲了。但是现在我成了最有名的演讲者之一。一位前辈评价我说，我的演讲最符合逻辑、最有说服力。

不光是这些，我在其他方面也有缺憾。初中和高中的朋友也都这么认为。金泰吉教授会对已过杖朝之年的我开玩笑："因为金教授懂事晚，所以活的时间长，工作的时间也长。"我承认他的话是对的。现在，我有时也会后悔一两年之前做的事。我时常扪心自问，自己什么时候能懂事。但很多学生又对我说，我是让他们最感谢的老师之一。而我所做的，不过是活到了一百岁而已……

那么他们感谢我的原因是什么呢？其实每个人都有自

己的长处。我从懂事起，就一直信奉基督教。信仰教给我，无论是谁，都需要奉献一生，去完成自己的使命。不知道是不是因为与使命意识相近的那份责任心，让我可以不断重生。

> 我在教育界直接或间接培养出的四代学生
> 也许比新西兰人口都要多。
> 作为教育家,我很成功;
> 能活这么久,好像也很厉害。

能活这么久,真厉害

上周四下午,我整理稿件觉得很疲惫,就到后山转了一圈。这是我长期以来的习惯。也许是因为昨晚下了雨,漫山遍野都是一片绿色,充满了生机。我经常在翻过山坡后,坐在木椅上休息。

今天一位老绅士占了我的位置。我正想从他面前走过,那位老人站起身,跟我打招呼:"老师,您这样上山下山,累不累啊?"原来是从神学院退休的 M 教授。M 教授和我有着七十年的交情。他是我在中央中学担任班主任时的学生,也在延世大学听过我的课。M 教授取得学位后,跟我一样也做了教授。虽然这些都是过去很久的事了,但他还是对我毕恭毕敬的。

交谈时,我问他:"我们国家最大的××教会的E牧师,是延世大学的毕业生吗?"他说:"是的,他是我的学生。"那个教会光是信徒就有数万人,我想,M教授培养了那么多像E牧师的学生,他算是比我培养了更多的晚辈。我本想夸他一下,但想到M教授是我的学生,似乎说起来是我更值得骄傲了。他好像猜到了我的想法,便说:"老师,我学生的学生也都成了教授。因此,如果论资排辈的话,老师您就是曾祖父级别的祖师了。"

我听了也觉得确实如此。父子关系是三十年左右一轮回,而师生关系是二十余年就能轮回一次。所以说,我虽然在家里算是有了曾孙,但在大学里已经是一位有着四代学生的曾祖父级别的祖师了。

跟学生分别后,我一边独自散步,一边回想往事。M教授比我矮。他的旁边坐着曾经的外交长官卞荣泰的儿子卞惠洙。卞惠洙是继我之后研修哲学的。之后,他成了美国纽约大学的教授。有一次,他说:"在中央中学上学时,我觉得老师像哲学家,就学了哲学,但成为哲学教授之后,我并没有觉得自己像个多么厉害的哲学家。"如果说M教授是继承了我的信仰的话,那么卞教授就是追随我学习哲学的学生,对这一点,我很感激。

我在中央中学待的时间并不长,但学生当中有二十多人在国内和美国等地做教授。多伦多大学物理系的尹泽顺是首位韩国籍的加拿大教授。首尔大学国语学的骨干教师李基文教授和金完镇教授,也是我在中央中学时的学生。李光洙[1]的儿子李永根教授也是其中一位。

就像DNA检测能检测出血缘关系一样,如果能找到师生之间的精神关系和人类因果关系的检测方法就能发现,我在教育界直接或间接培养出的四代学生的数量有多少。也许比新西兰人口都要多。作为教育家,我很成功;能活这么久,好像也很厉害。

---

1 李光洙:1892—1950,韩国近代著名作家、小说家和诗人,独立运动家。

第三章

爱是实现正义的途径

人是社会性动物。
为周围人和社会付出的爱，会装满这个世界。
最重要的事情就是敞开心扉，
表达感激之情，去无私地分享爱。
这是人生一种幸福的义务。

> 我的生日是阳历四月,
> 我想在每年的四月尽量给更多的人
> 带来精神上的财富。
> 把我的爱分享出去,
> 就像在祝贺我自己的生日一样。

生日当晚要饿肚子才行

这是刚上小学的时候发生的事情。晚春季节，我沐浴着温暖的阳光，在村外的溪边玩到很晚才回家，觉得非常饿。刚要推开大门，却听到母亲和父亲在吵架，母亲的声音里带有哭腔。

"家里的长孙过生日，就算没有肉汤，也要做大米饭啊！现在除了小米和辣椒酱什么都没有。他身体弱，把他辛苦养大就很委屈了……"总被贫穷折磨的母亲情绪失落。

我在门外边站了会儿推开门，就像什么都没听到一样说着"妈妈，我回来了"，就进了房间。然后扯谎说："我今天在英吉家玩，英吉妈妈知道我生日，给我煮了白米饭和肉粥，我吃了很多回来的。"然后做出自己不吃晚饭也可以的样子。母亲说："那样就好，我们吃小米饭和泡菜就好。"说着母亲和父亲一起吃了饭。

撒了谎就要付出代价，那一晚我因为肚子饿，所以睡不着觉。"如果不是过生日，就不用说谎，也不用饿肚子了……"我在心里反而埋怨起生日来了。

不知道是不是这件事的原因，我抱着"像生日这种事情还是忘掉吧，不去想它的话，也就那么回事儿"的想法，度过了漫长的岁月。同时我对别人的生日也不甚关心。

来到首尔中央中学任职第一年的时候，我负责的班级有两三名学生晚上来到我家。"老师，虽然不知道您的生日，但圣诞节到了，我们给您准备了小礼物。"他们说道。我打开小盒子一看，是一块腕表。我不觉湿了眼眶。孩子们看到我连手表都没有，生活艰难的样子，凑钱给我准备了圣诞礼物。能够收到这种凝结着爱心礼物的人，除了我怕是没有别人了吧。

以这件事情为契机，我下定决心，就算我以后不会收到生日礼物，我也要为别人，特别是需要我的学生和周边的人献出爱心。我的生日是阳历四月，我想在每年的四月尽量给更多的人带来精神上的财富。把我的爱分享出去，就像在祝贺我自己的生日一样。

上个月我一共发表了十四次演讲，准备在今年秋季出版的稿件，也寄给了出版社。说不定这会成为我的最后一本书，想在自己生日的四月完成的一本书。

　　我一心一意想要把妈妈给予我的爱、耶稣给予我们的爱留下来——哪怕是一小部分。但是今年，我收到了很多爱，我分享出去的爱无法与之相比。我活了一百岁，大家祝福我活得更久。

也许生前过生日,死后只留下忌日的人,
有着充满意义的人生;
但是能被永久记住这两个日子的人,
似乎成了被大家感激和敬仰的对象。

晚出生两分钟，是我的良心

上周二从早上开始，我就忙得不可开交。为了准备早餐聚会的演讲，我来到水原工商会议所。我早上六点离开家，因为晚上有周二聚会，十点钟才回到家。我坚持举办了十多年的聚会，聚会地点距离较远，且交通不便。聚会从晚上七点开始，经过九十分钟的演说和交流，很晚才回家。

其实那天是我的生日。是我走过九十九岁，开启一百岁的日子。我本想那天休息一下，和家人一起过生日，但没能如愿。其实从很久以前，我就下定决心，在我生日的那一个月要做一些服务社会的事情。一是感谢我能来到这个世上，二是回报一直以来大家对我的帮助和爱戴，正是因为大家，我才走到了今天。所以大家拜托我要做的事情，我都会尽力去做。

今年四月，我准备举办二十四场演讲，并将自己的五篇文章寄给《朝鲜日报》和《东亚日报》，再把剩下的时间分给自己和家人，就再也没有时间考虑举办生日宴了。因此，所有庆祝我百岁的活动都推迟到明年举行。在美国生活的家人好像也把这个行程调整到了明年。

深夜回到家，我突然想起了两个朋友。有一次，我向安秉煜和金泰吉老师提出："我们三个同岁，按照出生日期排序，就以兄弟相称吧。"我心里其实是有所盘算的。

安老师问："一定要那样吗？"并说自己的生日是在阴历六月。金泰吉老师说，不要管登记在户籍上的出生日期，要按自己的实际年龄计算，因为父母将自己的出生日期申报晚了，所以与实际出生日期不符。我问他应该是多大岁数，他坚持说自己出生于一九二〇年一月一日零点二分。他笑得很开心，好像在说，这下你无话可说了吧。我说："幸好你还让了两分钟给我。"安老师也好像站在我这边，笑着点头。就这样，我成了大哥。

如今，两个朋友都已离开了我。我这个哥哥的身份也失去很久了。但奇怪的是，两个朋友还健在时，我还记得他们的生日；他们离开人世后，我就忘记了他们的生日，只记住了忌日。可能因为生日是和人的一生一起结束的，而忌日却让人不会轻易忘记。我对母亲也是如此,她的生日会从我的记忆中消失,但她离世的日子,却会让我牢牢记在心里。

我想我也会受到这般待遇。虽然现在会有家人和记得我生日的朋友来给我庆生,但当我离开这个世界时,他们只会记住我的忌日。

然而经过岁月的淘洗,对于一些在社会和历史上值得尊敬的人,人们会记住他们的生日和忌日。这是因为世人感激他们,并将他们创造的功绩铭记于心。也许生前过生日,死后只留下忌日的人,有着充满意义的人生;但是能被永久记住这两个日子的人,似乎成了被大家感激和敬仰的对象。

能看出来妻子是用心努力了,
但还是不太令人满意。
即使如此,我仍然称赞道:
"这部作品比我想象的要好。
其他作品看起来都差不多,
但你的字个性鲜明,很有生命力。"

妻子的展览会

我接到一个电话,电话里的人说道:"老师,您好吗?我是 B 大学的 M 教授。几天前去全州的时候到了馀山斋,听说那里有老师的诗碑。"当我问道:"没有人知道那里面有我的诗碑啊,你是怎么知道的?"这才知道原来是参加诗碑揭幕式的大学前辈让他去的。

馀山斋是鞠仲夏会长在实业界工作时,为当地爱好文学的人建立的文化空间。他在绿荫环绕的美丽山沟里建造了山庄和礼堂。周围的树林里有许多诗人和其他领域著名人士的诗碑。这里会定期举办文艺界的聚会和文学演讲。

创办人鞠会长两年前就想建造我的诗碑,所以邀请我参加。但是我并不是诗人,如果硬挤到大家的诗碑当中,我会觉得很不好意思,所以就推辞了。然而,我最终还是无法拒绝鞠会长的诚意,所以就给了他一篇不成诗的短文,也就是现在的诗碑上的内容。今年六月初的揭幕式上,在无人知晓的情况下,我独自出席,算是给这件事情收了尾。

为此,我问M教授:"我的诗碑占据了较高的位置,是不是有损很多诗人的名誉?""不是的,和我一起去的夫人对金教授的诗碑和文章印象最深刻。"他安慰我道。

挂完电话,我想起了妻子。妻子五十多岁的时候,和朋友们开始学习书法。我很了解妻子的性格,所以对她不抱什么期待。想着一年后他们应该会举办同友会会员的作品展,却没有听到什么消息。又过了一年,邻居李汉滨老师的夫人问我:"教授怎么没有出席您夫人的展览会?"我想妻子是怕自己的作品被我看到,觉得丢人,就没有告诉我。

那天晚上,我和妻子提议:"明天比较空闲,下午三点我们在光化门的展厅里碰面,我也欣赏一下你的作品。"妻子的表情看起来仍然不想我去,但又无可奈何。在展厅里,我领着妻子先去看她的作品。能看出来妻子是用心努力了,但还是不太令人满意。即使如此,我仍然称赞道:"这部作品比我想象的要好。其他作品看起来都差不多,但你的字个性鲜明,很有生命力。"我还安慰她说:"如果再努力两三年,艺术性会更强了,你有希望成为书法家。"对这意外的称赞,妻子似乎也很满意。她认可了我的鉴赏能力。那天晚上,妻子开始对孩子们说:"你们要去参加妈妈的展览吗?"

我找了找妻子的那块匾额书法作品,记得是挂在了哪个房间里,但仔细找又找不到了。不知道是不是在美国生活的女儿拿走挂在家里了。

给予爱的人比接受爱的人更幸福。

妻子的爱

所有男性都在两个女人的爱中成长，享受幸福的生活。那就是母亲和妻子的爱。我也不例外，我在婚前有母亲的保护和照顾，之后妻子的帮助占了更大比重。那段时间我得到的教育是：给予爱的人比接受爱的人更幸福。有时候那种爱好像不太起眼，但我明白了这就是天生的母性之爱。

一直到我成年，母亲经常会对客人辩白："我家大儿子如果像我，个子会很高，还会很健康，但是像我们父亲，就长成这样了。"母亲到了五十五岁之后，又会隐隐地自豪："我家大儿子虽然看起来矮小柔弱，但比起父亲，他和我更像。身体很健康，也不生病，还勤于工作。"

这一点和我妻子很像。我和她在学生时期认识，我们和贫穷对抗了很长时间。从四十五岁开始,她很爱说:"我们当时多穷呀,但是托我的福,可以有现在的好生活。如果你和别的女人结婚了,你会这么幸福吗?"我心里笑着,答道:"所以我不总是在感激你嘛!"这种阿谀会让妻子很开心。

我们就这样过了几十年。虽然也有不足的地方,但是心里是充满爱的。我之前作为研究教授去美国待过一年。把我送走的那天晚上,妻子对孩子们说:"把你们父亲送走,就像是让小孩子单独生活那样心痛。"孩子们都笑了。没有人的时候,她会对我说:"比起做我的丈夫,你有时候更像是我的小儿子。"当时我没有办法笑出来,也不是想要笑的那种心情。

但是我对妻子有觉得感激的事情。同小区的阿姨做了一家保险公司的业务员,我无法拒绝妻子的恳请,就购买了S保险。那是没有很大数额的终身保险。妻子一直拿着分红直到去世,后来我就代替妻子成为受益人。每年的五月末,我都会拿到一百万韩元。昨天就是收钱的日子。我并没有交多少保险金,却一直领到一百岁,觉得很抱歉,也担心负责业务的女职员不相信我是本人。这种感觉就像是参加小学的入学面试一样紧张。可能是因为需要确认是否为本人,所以职员觉得不好意思,会询问我各种问题。流程结束后,她笑着问我:"到了明年您就一百岁了,还会继续来吗?"

　　回到家,我对着妻子的遗像自言自语:"谢谢你给我准备零用钱。"妻子好像在天上笑着说:"这下知道我的爱是让人多么感激了吧。"

> 一个为爱操劳的人,
> 才拥有最幸福的人生。

最后一次做司仪

临近中秋节的周六,我在江原道杨口担任了司仪,这也许是我人生中最后一次做司仪了。婚礼上,我对新婚夫妇叮嘱道:"家庭始于婚姻,终于养育子女。最起码要好好教育他们,服务社会,建设一个模范的家庭。"

回家的路上,我在车里想起了往事,不知不觉笑了起来。那是首尔女子大学校长高凰京[1]博士担任大韩母亲会[2]会长期间,主持计划运动时发生的事。二十世纪七十年代,

---

1 高凰京:韩国教育家,女性运动家。首尔女子大学前任名誉校长。
2 大韩母亲会:为了提高韩国妇女地位,在社会上开展志愿者活动的女性团体。

高凤京博士奔走全国,宣扬"只生两个孩子,好好抚养他们"的观点。因为只谈论计划生育显得演讲内容很单薄,所以她就邀请我讲一些其他内容,以配合她的演讲。我答应要帮助她,就和她同行了。

但是,在某次演讲中,我正等着发言,坐在台下后面的一个人向我问道:"金教授有几个孩子呢?"我一时语塞。如果我回答说有两个儿子和四个女儿,就会影响博士演讲的说服力。所以我耍了个心眼儿,说只有两个儿子。高博士说"大家看看吧!",还得出了结论:人口如果按照等比级数增长,不仅会导致食物不足,还会导致贫困和教育矛盾加剧。

从那以后,我就拒绝和高博士一起演讲了。因为我觉得自己没有资格。然而,半个世纪以后,时代变了。现在像我这样子女多的人反而会受到政府的表彰,被树立为典型。

几年前的中秋节,在美国的孩子们也聚在了一起,去了母亲和妻子的墓地。简单地祭拜完后,我讲起了过去的事情——

"我和妈妈抚养你们六个的时候,小小的房子都要挤满了。然后,你们一个一个去了美国、德国留学,家里变得空荡荡的。老幺在延世大学学习了两年,把他也送到美国的时候,你们的妈妈很伤感,都没办法走回家了。她对我说:

'你先走吧,我一个人去角落好好哭一会儿再走。'她也没地方去,只能去教堂哭够了再回家。回家之后,她说:'幸福的岁月好像已经过去了。我最开心也最感恩的,就是抚养我六个孩子的时候。'令人意外的是,她看起来很平静。我说:'你受的苦比我多。'"

一个为爱操劳的人,才拥有最幸福的人生。

> 我们年轻时享受恋情,
> 有了家庭以后积淀感情,
> 等老了之后,
> 两人的情感便升华成了人性之爱,
> 这才是男女之间的爱情吧。

爱情走向成熟的三个阶段

早上,很久没有联系的一个晚辈教授给我打来了电话。他在电话里说:"新年已过,即将迎来春节,我想着打电话给您拜个年。

"我在《清晨庭院》节目里听到了您的发言。跟我一起看电视的妻子说:'你也应该像金教授一样活到一百岁。'我说:'这不是一个人努力就能做到的。'妻子问我什么意思。我解释道:'金教授的妻子以不向丈夫抱怨、不唠叨而出名,所以金教授到现在还能健康长寿。'

"像往常的话,我们可能会吵架,但那天早上,她却鼓励我说:'我以后也会像金教授的妻子一样好好对你,所以你要健康地活下去。'她真是让我感到意外。

"我不知道自己还能活多久,现在也已经八十多岁了,看来妻子也'懂事'了。"

虽然在现代社会,他这句话会被骂成大男子主义,但我是活在过去的人,心里只觉得好笑:难道夫妻间要等到八十岁才会懂事吗?

我五十多岁时曾经发生过一件事。当时我和几个同龄人一起吃晚饭,一位教授提出:"今晚的餐费不贵,与其各付各的,倒不如挑一个人付了吧。"一开始是挑穿新西装的人,但很难挑出来。然后换成了挑看起来容光焕发、红光满面的人,于是出现了两三个候选人。最后坐在我左手边的S教授买了单。他是医科大学教授,所以工资很高。

S教授说:"我的脸色真的变好了吗?"然后说:"看来是有原因的。"我们问什么原因,他这样回答:"为了参加学术会议,我出国一个月,因为这段时间没听到妻子的抱怨啊!"大家都笑了。事实上,妻子们都到了抱怨的年纪,虽然大家不会说透,但作为丈夫都有同感。

另一位朋友接着说:"虽然S教授惧内,但他绝不是妻管严。妻管严经常在外面说大话,但是S教授不会犯这样的错误。"这也算是一种安慰。另一位教授说:"我们还不知道吗?'惊妻家'是不会说话的。"我问道:"'惊妻家'是什么意思呢?"他说:"是指一看到妻子可怕的表情,就会吓一跳的人,连涉及女人的话都说不出来了。"当做了对不起妻子或者家人的事情时,就会患上这种恐妻症。

餐桌旁的人们都笑得很开心,都在猜测我的妻子是一个什么样的人。所有男人似乎都在憧憬着,那些随着年龄增长,越来越充满着温暖和柔情的女性。但是,我们年轻时享受恋情,有了家庭以后积淀感情,等老了之后,两人的情感便升华成了人性之爱,这才是男女之间的爱情吧。

在 A 教授的坟墓前驻足,
回忆起这些往事时会心一笑,
眼里也噙满了泪水。

情比血浓

"难道金先生就没有犯了错向夫人道歉的时候吗?"A教授突然提出了这样的问题。"有是有,但我绝对不是妻管严。"我想要听到A教授的心里话,于是先说出了自己的故事。

二十世纪六十年代初,我在美国待了一段时间。发动政变的朴正熙总统实行了货币改革。旧韩元被换成了新韩元,成了一堆废纸。那时人在韩国的老婆怀疑我藏了私房钱,于是,她对孩子们说:"你们和我一起到爸爸的书房里。"果然,他们在书柜里找到了一堆纸币。

他们担心在美国的我回国后,会因此召开家庭会议追究责任,便没有告诉我。但我回国后的某一天,妻子将这件事抖落了出来，孩子们也对我藏私房钱这件事情集体表示抗议。穷途末路的我祈求他们原谅："你们也稍微体谅一下我现在的处境吧。我的教授朋友们说藏私房钱的情况很普遍。不过我把钱放在书柜里，也是一种正直的表现。"

听了我的故事，A教授笑着说："当年人人都这样。也不是什么大错吧。"然后就给我讲了他的故事。

有一次他在某个地方做演讲时，对大家说："想必大家都知道'血浓于水'这句话。父子之间或兄弟之间都有血缘关系。一旦缔结了这种关系，至死都无法摆脱这种命运。我们是一脉相承的民族，即使与痛苦和悲伤交织在一起，都不能放弃共同体的命运。"他本希望以这样的方式结束演讲，但为了强调这层意思，继续补充道，"有一些年轻人恋爱，婚后吵架或者离婚的话，双方就会沦为陌路人。所以自古以来就有'血与水不同'的道理。"

当时的听众里面有A教授夫人的熟人，这位熟人就把演讲内容告诉了他的夫人，甚至添油加醋地说，男人们都是这么想的。听了这些话，A教授的夫人逼问他道："那么，我们分开的话也会如此吧？几十年的感情就会这样付之东流？"我问道："那你怎么处理的呢？"他不好意思地说："当然跟她说我错了，我没想到她会发这么大火。"从A教授的性格和当时的表情来看，他是真心实意地请求原谅。

我说:"这么简单地道歉就行了吗?如果是我的话,就会反击'原来你并不知道情比血浓这句话的真正含义'。"A教授遗憾地说:"哎呀,我不知道还可以这样说。"

今天,我来到杨口,在A教授的坟墓前驻足。回忆起这些往事时会心一笑,眼里也噙满了泪水。他可真是我的好朋友啊!

他们为什么要把礼物送给素不相识的我呢?
这或许是在故土长大,
在外漂泊四十余年积累起来的乡愁。

无言的礼物

我读了很久以前写的日记,发现了一些被我遗忘的事实。

大儿子给我打来了电话。他在电话里问我:"一对来自德国的教授夫妇想来看望父亲,不知道您是否有时间。丈夫是德国人,夫人是韩国人,目前在大邱的 K 大学当客座教授。"我决定在延世大学迎宾馆——艾伦馆,约见他们。

他们是一对在德国退休的教授,丈夫在和坐在旁边的大儿子交流,我坐在夫人的对面,她比较沉默寡言。通过和她交谈,我了解了她曾经的一些事情。

她是在朴正熙政府时期,被派到西德做劳工的众多助理护士中的一个。在西德工作结束后,大部分同事们都回国了,只有她决定继续留在那里完成学业。克服重重困难之后,她完成了教育学的学业。学位论文通过后,她开始在大学讲课。就这样人到中年,和现在的丈夫结了婚。据说,这期间她从未有机会访问韩国。

退休后她来到大邱想见我。没有什么特别的原因。她说二十多岁在德国看过我写的随笔集《永恒与爱的对话》,因思乡心切,忍不住流下了眼泪。虽说德国是她的第二故乡,但时间过去越久,思乡之情也越来越迫切。

她一边说着,一边默默地递给我一件礼物。那是从德国带来的一条围巾和一条领带。我微笑着接过来,说:"谢谢,但不知道我是否应该接受您的馈赠。"她说:"我在考虑该送给谁时,就想起了老师。"随后,好像完成了该办的大事一样,和丈夫一起在门厅前跟我们道别。回家后我打开礼物,发现是德国高档的名牌。

他们为什么要把礼物送给素不相识的我呢?这或许是在故土长大,在外漂泊四十余年积累起来的乡愁。年轻时离开故土,并不是一个让人愉快的选择。他们想要给祖国尽一份绵薄之力。她不具备回国当教授的条件,就留在了德国结婚生子。时间越久,对祖国的感情也越深。

人在年老时自然会思念故乡。可现在,她又要再次回到德国。我在想,如果她跟一个能在韩国工作的韩国男性结婚的话，结果会是怎样的呢？或许这就是她把这个礼物送给我的原因吧。

> 虽然不能回到自己思念的故乡,
> 但因为有可以寄放心灵的故乡,
> 所以我觉得非常感恩。

第二故乡——杨口

上周三难得没有公事要做,我决定回一趟久违的杨口。回去的前一天全国发布了大雪警报。一到江原道北边,就看到了壮观的雪景。特别像是很久之前在朝鲜的故乡看到的雪景,让我这把老骨头也忘记了疲惫。

每次去杨口,我总会去三个地方。最先去的地方是杨口近现代史博物馆,我曾经搜集收藏的两百多件已经带有感情的陶瓷,都在二楼等着我。这些是从高丽时期到朝鲜时代末期的陶瓷和瓷器,并不是价格昂贵的观赏品,是我们的祖先曾经使用的遗物,所以散发着人性之美。它们在全国各地生产出来,现在都聚集到一个地方,都曾和我一起度过了三十来年的时光。

诗人赵芝薰称赞韩国白瓷的诗文被做成了匾额挂起来,文人画大师金容镇的两幅画也还在原位。妻子遗留下来的毛笔字也在迎接着我。

接下来去的地方是"哲学之家",这是去年冬天新建的纪念馆。在博物馆前面湖水的对面是龙头公园。五年前和公园一起被修建的文化会馆坐落在它的后面。下面一层的广阔空间放置了安先生的遗物、书法作品以及著作。我和安先生是同年,出生的地方距离很近,一起读了初中、高中,后来在日本学习哲学。

回国之后,我们作为哲学教授一起工作了五十年的时间。杨口地方有名望的人,对"哲学之家"有所了解之后,为我们建造了纪念馆。这是介绍我们的业绩和生涯的场所。哲学界的后辈以及一些游客会经常来参观。爬上屋顶站在阳台上,视野非常辽阔,可以远远地望见破庎湖,可以看到山上美丽的树林,尽享恬静的景色。

杨口地处朝鲜半岛的正中央。这里有为了纪念它的方位而设置的天文台,还有擅长驾驭乡土气息风格的画家朴寿根,在他的故居用有石头建造成的美术纪念馆。这里是修女李海仁的故乡,也是诗歌、绘画和哲学一同呼吸的文化故乡。

我从杨口回去的时候,在第三个地方停下了脚步。那就是龙头公园左侧的安秉煜先生的墓地。今天,白雪给墓碑都穿上了一身素服。安秉煜先生五年前在这里安眠,去年他的妻子也和他一起躺在了这里。他的旁边就是我之后要待的地方。

虽然不能回到自己思念的故乡,但因为有可以寄放心灵的故乡,所以我觉得非常感恩。

> 我虽然受到文明的熏陶,
> 度过了漫长的人生,
> 但却失去了来自自然的祝福,
> 它比文明带给我的惠泽更宝贵。

青蛙的交响曲

几天前的一个深夜，我接到了一通电话，是住在同一个小区的晚辈打来的。他说现在正在首尔西大门区的鞍山入口处散步，听到了青蛙的叫声，听说会持续到五月下旬。意思是告诉我，如果有机会的话，要去听听蛙叫声。

连续下了两天雨后的深夜，我走进了西大门自然博物馆对面的树林。那里有两个小池塘，是青蛙的栖身之所。此时，周围安静了下来，我在椅子上坐了十多分钟，静静等待着。对面森林里一只青蛙在鸣叫，两侧和后面湿地的也随之叫了起来。十多只青蛙齐声鸣叫。这里的蛙鸣声让我想到了以前在故乡听到的蛙叫。

我想起了罗曼·罗兰的小说《约翰·克里斯朵夫》。

一个音乐青年热衷于成为一位作曲家。一次一位大叔登门拜访，把他带到了江边的草地上，说要给他听世上最伟大的交响曲。草地上传来了惊天动地的蛙鸣声。这蛙鸣声在提醒他：即使是伟大的音乐家，也难以创造出如此令人叹为观止的音乐。那个年轻人后来创作出了第九交响曲。当然，这是一个编造的故事。

读过那本小说后，我不禁想起小时候每年初夏听到的蛙鸣声。那个声音是数千万只青蛙的大合唱，称得上是一首优美的交响曲。直到多年后的今天，我再也没有听到过小时候令人陶醉的青蛙交响曲了。它成了和故乡一起远逝的梦。

为了能再次听到这种声音，每年五月，我都会去水库边的田垄上，还会到忠清南道的扶余附近。白马江岸稻田比较多，我曾经期待这里的蛙鸣声会很大。但是，无论走到哪里，我都没能听到来自故乡、伴我成长的青蛙交响曲。听说村里的老人们使用农药后，青蛙的数量就慢慢减少了。

我在鞍山池塘里听到的蛙鸣声也消失了一半。我虽然受到文明的熏陶，度过了漫长的人生，但却失去了来自自然的祝福，它比文明带给我的惠泽更宝贵。我们不仅仅失去了青蛙的叫声，更是辜负了来自大自然母亲的祝福。

是因为上了年纪吗？我想起大学时代和我住在同一

屋檐下的徐大哥,现在不知道他在什么地方做着什么,思念之情油然而生。徐大哥是仰慕贝多芬的音乐青年。他希望自己死去的时候,也能伴随着第九交响乐的合唱曲闭上双眼。

我虽然还没有到他那种程度,但是想再听一遍唤醒我人生的青蛙交响曲。因为在大自然的和声中,存在着超越悲惨和死亡的强大生命力。

我问那几个老物件儿:
"你们也要到杨口去吗?"
它们好像在回答:"我们要陪伴在主人身边,一直陪到最后,然后和您一起去杨口。"
我说:"那好吧,你们下次再一起去吧。"

陶瓷爱恋

这是很久以前发生在日本的一件事。有一次,美国大使馆的工作人员来到一个瓷器收藏家的家里。早已等候多时的收藏家看到来访的客人带着妻子和两个小孩儿。于是,收藏家说今天最好还是喝茶聊天,拒绝展示瓷器。因为有孩子在,古董并不是孩子的玩具。

相较于美国,日本的收藏史更悠久,乃至于日本的古董收藏家们都形成了独特的规矩。比如要正襟危坐欣赏瓷器,而且禁止单手把玩。把玩时高度不能超过三十厘米。即使在把玩时偶尔出现了失误,为了防止瓷器被打碎,日本收藏家也要提前在地板上铺好垫子。相比其他古董,日本收藏家们对瓷器的热爱几乎达到了极致。

壬辰倭乱[1]时期从朝鲜半岛带到日本的各种瓷器，已经被精心保管了四百余年，现在几乎都被存放在博物馆里，享受着国宝级待遇。被视为珍品的"井户"茶碗是昔日我们祖先使用的日常餐具。几件小碗就被视为最珍贵的宝物，足以证明日本人有多么重视这些瓷器。

在对我国古代瓷器的研究和文化价值给予高度评价方面，日本学者也功不可没。像涧松全鎣弼[2]这样的人，变卖从先祖那里继承下来的耕地，高价买回流传到日本的文化遗产，实在是一种体现大国情怀的壮举。只有那些真心喜欢古董的人才能体会到那种心情。

与我交情很深的一个大学校长，就没保管好岳父留给他的瓷器，不小心打碎了。校长的岳父得知后勃然大怒，校长只好低头认错。岳父还是气愤地说："我把视为珍藏品的瓷器作为遗产传给你这样的人，真是太傻了！"

最近几天，我一直在整理身边的瓷器，准备把它们送到"哲学之家"去。它们都是以前老百姓用过或珍藏的瓷器，既不昂贵，也不至于送到博物馆，就是一些我喜欢且一直

---

1 壬辰倭乱：又称万历朝鲜战争，指1592年至1598年发生在朝鲜半岛的战争。

2 涧松全鎣弼：1906—1962，出生于大韩帝国时期的汉城府（今首尔钟路区），是收集、保存、研究韩国文化遗产的教育家。

珍藏的老物件儿。

  整理的时候,我发现了朝鲜王朝初期的两件古董和末期的一个罐子。我问它们:"你们也要到杨口去吗?"它们好像在回答:"我们要陪伴在主人身边,一直陪到最后,然后和您一起去杨口。"我说:"那好吧,你们下次再一起去吧。"我们彼此在心中达成了共识。

  我把这些话告诉在旁边帮忙收拾、打包东西的那位女士,她听完低头抹泪。想必她非常理解我当时的心情。

> 如果我躺在自己思慕的人的怀里，
> 应该也能安逸地睡着。

送别道顺

我总会在睡觉之前写日记。看了前年和去年的日记之后,我写下了今天的日记。

两年前的今天是小狗道顺死去的日子。道顺是法国的品种,不知怎的它的祖先就移民到了美国,在美国出生的道顺来到了我们家。当时我送走了母亲和病中的妻子,一个人生活,在美国生活的小女儿为了慰藉我的孤独,就把道顺带来了。

因为道顺在美国生活的时候是和我女儿在同一个房间,所以来到我家后,它很想要待在我二楼的房间里。我无法像女儿一样和它共处一室,就把它安置在了楼梯口。但是道顺还是会想念二楼的我,总是从台阶下面往上看。

据我女儿说,道顺属于比熊犬(Bichon)类,这些小家伙最喜欢主人,整天追随主人。这种犬完全长成之后体重和半大的猫差不多,是个小可爱。

我和道顺生活在一起的时候,会到后山散步,在草地上陪它玩,这是道顺最幸福的时光。去后山的时候,它会回头看我几十次。在草地上的时候为了讨我欢心,也会各种撒娇。把它抱在怀里的话,它看一会儿我的眼睛,就会半眯着,那表情似乎在说:"没有谁能比现在的我更幸福了。"我也会自言自语:"妻子走了之后,数你最喜欢我了……"

一起度过的十多年里,道顺开始变得比我老得更快。大约从两年前开始,它的老化现象就很明显了。为了让我开心,它想要在草地上跑着转圈,但做到一半就会用一种像是在说跑不动了的眼神看着我。我也经常抱着它感慨:"你比我老得还快,可怎么办啊……"

有外地的客人来我家,按照惯例,我会和道顺一起乘客人的车兜风。我把它抱在怀里,它会在我和窗外之间来回看。在散步的时候,它会很兴奋,来回跑着,对我看了又看。这是道顺最后的幸福时刻了。两天之后,道顺在所有人都已入睡的夜晚,在二楼可以看到的台阶下面,永远地睡着了。它就这样离开了我。

我走在曾经和道顺一起散步的路上,应该是太想念它了。我往前一看,发现道顺在樱花树下等着我。我说:"你在这里呀!"我跑过去,张开了双臂。道顺扑过来没能被抱住,我把它揽在怀里,看着它说:"想我了吧,怎么只是站着等呢?"道顺和生前一样看着我的脸,闭上了眼,就像在说:"被主人抱在怀里真舒服。"

原来是个梦。我想,如果我躺在自己思慕的人的怀里,应该也能安逸地睡着。

> 我忘不了那颗感恩的心,
> 每当我收到感激的问候,
> 都会感受到自己的辛苦所带来的幸福。

最幸福的那些瞬间

我经常会被问:"您活了一百年,觉得什么时候最幸福呢?"我回答这个问题时会犹豫,是因为不知道是在问某个时期,还是说一件事情的前因后果,不够明确。所以当年轻人问我的时候,我会说自己经历的一件事情。上了年纪的人问我,我会经常和他们介绍我最幸福的时期。

如果说我的一生中有最幸福的时期,那就是在一九六一年至一九六二年,我在美国读大学,还去欧洲进行了一周的世界旅行。那是和朋友安秉煜教授、首尔大学的韩劢教授一起。如果没有那一年的学术和社会经验的积累,我就无法拥有现在的人生和仍在做的事情中珍贵的部分。

那时我能够在世界一流的大学参加硕士们的课程和研讨会。哲学课自然不必说,我还参加了自己感兴趣的保罗·蒂利希(Paul Tillich)、卡尔·巴特(Karl Barth)、莱因霍尔德·尼布鲁(Reinhold Niebuhr)等二十世纪代表性神学家的讲座和演讲,得到了观看欧洲等地文化遗产的机会。我到印度访问的一段时间也是有益的,还有机会巡访基督教圣地。总的来说,这成为我精神世界进一步得到提升的契机。

让我自己觉得幸福的事情之一是近几年发生的。大概是七年前。我去忠清北道岭东进行演讲。几百名听众醉心于我的演讲。演讲结束后,我一个人在休息室休息。听到敲门声,就让人进来了,是一位七十多岁的绅士,应该是地方的名士。和我面对面坐着,这位客人说:"您好像累了,给我五分钟,问候您一下就走。"

他询问了安秉煜先生的身体状况,我说他在生病,所以不能外出参与活动。他说:"确实本来就是高龄了。我记得两位的年龄是一样的,没有机会亲自来看看安老师了。但是今天您不顾高龄,到我们这里来演讲,真是太感谢了!想想看,我们年轻的时候,在二十世纪六七十年代真的生活很困难。经济困难还可以忍受,但是没想到没有精神的指导,会让人觉得那么艰难。这时两位老师给我们广播、演讲,还留下了书籍,帮助我们度过这段时间。我心想,这是上帝看到我们这一代年轻人如此艰辛、煎熬,所以派来了两位老师。今天亲自来看您,我感慨良多。老师,真的很感谢。知道您应该很累了,但还是想来问候您,所以我就找来了。"

我也站起来,亲切地表示问候。他转身出去,又停下脚步说:"有机会见到安老师,希望您一定要转达我的谢意。"

我忘不了那颗感恩的心,每当我收到这样的问候,都会感受到自己的辛苦所带来的幸福。

> 予人关爱,
> 总会唤起美丽的心灵。

不要报答我，去帮助别人吧

　　这是发生在很久之前的事情了，当时我帮忙做一个十多名大学生参与的《圣经》学习活动。J是当时的会员之一，他目前在加拿大生活，上个月他给我发了一封邮件。他提到很怀念那些日子，还放了一篇在大邱发行的日刊报道。

　　报道的开头是"在这个秋末，一名叫作B的女医师离开了世界"，她是我熟悉的《圣经》学习活动的会员，我接着往下读。

　　"她曾经是首都女子医科大学的学生，该大学现已被编入高丽大学医学系。她毕业之后回到故乡大邱，和庆北大学的医学系教授结了婚，夫妇二人都成了医生。她经营着一家私人医院，直到最近还在以家庭医生的身份照料着很多患者，在她八十三岁的时候离开了这个世界。然而直到她作古之后，她之前不为人知的奉献事迹才被传开，得到了很多人的赞颂……"

B医生对于贫穷的患者不惜进行免费治疗，还会偷偷给那些贫穷有志气的学生奖学金。她做了很久的医生，接诊了很多患者，但对金钱毫不关心。报道上说，"在离世之前，她说服丈夫，留下遗言要把两人的尸体捐献给医科大学的解剖学实验室，B医生率先做了示范"。

我读了这篇报道深以为然。大学的时候就不必说了，我这一辈子也没见过B化妆的样子。印象中她在报纸上刊登的照片，也像是个乡下的老奶奶。据J说，和B一起进行《圣经》学习的朋友——女医师Y从大学医院退休之后，到非洲连续做了三年的志愿活动，志愿活动到期之后，她觉得不能丢下当地可怜无助的患者，就又继续做了十五年的志愿者，等到老了才回国。

很多年前我去地方上演讲的时候，一个三十多岁的男子突然过来和我打招呼，说我曾帮他缴了学费，他才能够度过困难时期，顺利地大学毕业。我觉得很奇怪，反问道："我好像没有给过你奖学金呀？"

他的解释让我很惊讶。他比较困难的时候，B医生给了他奖学金，并说道："这钱并不是我给你的，是我大学时的老师——金亨锡老师支援我的。我给你钱,是替金老师给的,等你以后情况允许了,就把这笔钱再给困难的学生吧。"我这才懂了他说的话是什么意思。

我想起八十多年前读中学的时候,毛里传教士给予我很多关爱。毛里传教士多次帮助过因为贫穷而饱受折磨的我,他说:"这是耶稣给你的,你不必还给耶稣,当你遇到贫困的学生,替耶稣交给他就好。"

这种关爱在经历了很多人之后,传递给了这名年轻人。予人关爱,总会唤起美丽的心灵。

> 我不过是做了自己应该做的。
> 但是这小小的举手之劳,
> 就让 H 老师三代人都记住了我。

爱是实现正义的途径

上个周末,受庆南地区教育研究院邀请,我做了一场演讲。演讲结束后,我走出讲堂,一个看起来很年轻的学生过来和我打招呼,问道:"请问您还记得 H 先生吗?"

"记得,不过他好像已经去世了。"我回答道。他说:"他是我的爷爷。爷爷在世的时候经常提起您。"我问道:"那你父亲是医生吧?"他很高兴地说:"是的,父亲上次还说起过,曾经陪着您一起吃过饭。"我又同他握了握手,然后离开了。

这让我想起了以前的事。那时候我在中学担任校监。期末的时候,校长找到我问道:"H 老师不符合学校的水准,这个学期结束之后,就让他结束执教,你看怎么样?"

虽然我也附和着说为了学生这么做会更好，但是为了 H 老师还是求情道："希望您能再考虑一下，给他多留出一个学期的考察时间。"

我找到 H 老师，跟他说明实情，并建议他下个学期一定要竭尽全力，然后学校会根据他的表现再做抉择。H 老师的反应很惊慌，但是他也表明了自己的立场，认为比起个人的前途，学校的发展和学生的教育更加重要。

一个学期过去了，我打算再与 H 老师商量这个问题。H 老师说希望再给他一点儿时间。大约过了一周，他和妻子一起来了。他们似乎在一周的时间整理了想法。"我想了很多，现在决定遵从校长先生的判断。我以前一直待在地方学校，现在想在首尔的名校任教，看来是痴心妄想了。希望您和校长商议后，能将我调到合适的地方学校去，我将感激不尽。"H 老师如是说。

最后，校长和我一起拍板，觉得他选的那条路更好。送走 H 老师，过了一年，我也调到延世大学工作。但是 H 老师一直很感谢我，把我当作恩人一样对待。事实上我不过是做了自己应该做的。但是这小小的举手之劳，就让 H 老师三代人都记住了我。

《圣经》里有一段比喻，说葡萄园主人给早上九点、中午十二点、晚上五点来帮忙的工人都付了同样的工钱。英国的约翰·拉斯金（John Ruskin）读到这段文字后，针对产业革命后经济矛盾及纷争的解决之道，在其书籍《致以后的这位来者》(*Unto This Last*)里提出了自己的观点：比起公正的劳动关系，带有关爱的秩序更加宝贵。

印度的甘地也读过这本书，他亦追随书中的观点说道："这是人类共存的价值和希望。实现正义的途径是爱。永远不要忘记，人道主义精神比正义更为宝贵。"

> 倘若我们在另一个世界相遇的话,
> 还会争得面红耳赤吗?
> 但我真心希望如此啊!

总念叨自己是美男子的金泰吉教授

今年是和我相处了五十年的朋友——之前在首尔大学任教的金泰吉教授逝世九周年，那是一个新绿丛生的初夏。也许是因为那段记忆让我难以忘怀，几天前，我又梦见了金教授，这已经是第二次梦到他了。

我梦到我从远方归来回到了首尔的家，在树荫浓密的路边停下脚步，向路边左侧往下看，看到金泰吉教授正和别人打网球。他在世时总是炫耀自己的网球水平，我会暗暗偷笑，因为和他一起打网球的学生说，总会给他送球。但是梦中的金教授却不太一样，他像一个年轻的运动员那样奔跑。

我惊讶地看着他，只见他拿着球拍，朝我走来，一脸兴奋的样子,像是在说:"看到我的实力了吧?"我说:"看到了,我承认你打得很好,但是我们离得这么近,你怎么不跟我说话呢?"但他依旧没说什么,又回到了运动场,似乎是在说:"我很忙,没时间跟你聊天。"那是一张挂着灿烂笑容的面孔。我在梦里也觉得,他又在自豪炫耀呢。

金泰吉教授比我聪明。所以我们每次见面都争得不相上下。每次争论的主题只有两个:一个是他说自己长得比我好看;一个是说他虽然出生比我晚,但他是大哥。

有一次,我和同事要去首尔光化门的新闻中心。比我们来得稍晚一些的金泰吉教授坐到我对面,说:"金亨锡教授今天戴的红领带跟身上穿的西服看上去很搭呀。"还装模作样地说:"我还在想,他喜不喜欢我在百货商店选的这条领带呢?"坐在我旁边的大韩红十字会总裁徐英勋说:"我听闻二位关系亲密无间,原来亲到连领带都会给对方买的地步了。"这话可正中下怀,金泰吉教授说:"还能怎样呢?大哥就应该照顾弟弟。虽然弟弟嘴上没说句谢谢,但是我们从小感情就深,也就不用说了。"然后就转移了话题。他那样子好像在说:"今天是我赢了吧?"

不知道金泰吉教授是不是觉得自己长得比我丑,但因为他个子高,所以他并不觉得自卑。每次一见面,他就吹嘘自己是个美男子。他从四十多岁到八十多岁,一直希望我能承认他是个美男子。

  我想起有一次，我们去大邱的 KBS 电视台的经历。大学时曾经是金泰吉教授学生的女主持人说："老师，您还是一如既往地英俊潇洒。"他开心地看着我，好像在说："这下知道了吧！我就是这么帅！"

  吃完早餐，我边喝咖啡边想，倘若我们在另一个世界相遇的话，还会争得面红耳赤吗？但我真心希望如此啊！

> 真正信仰的权威是在践行爱的过程中产生的。

H兄，我想你了

人过九十，最让人难过的不是日益老去，而是无处不在的孤独感，是所有人都离开了，只留下我一个人的空虚感。子女都有自己的路要走。朋友们逐渐没了消息，相继离开这个世界。

前些日子，我在想着昔日的同学中是否还有人在世。国内是一个人都没有了。没有听到美国洛杉矶的C牧师的消息，只听说移民到巴西的H兄最近离世了。

H兄是解放后，我在家乡担任中学负责人时一起工作的朋友。后来搬到首尔，他先是做了一段时间大学教授，后来担任政府副部长一职。他不会向非正义的事情妥协，是一个讨厌耍心眼儿的人。

在这位朋友身上曾发生过一件有趣的事情。他在高中时陷入热恋，无心学习，于是与名牌大学失之交臂。后来他为是去普通大学上学还是复读犹豫不决。最终，他选择了一条与我们不同的道路。他信誓旦旦地说："其他人在大学学习四年就结束，但我觉得在普通大学学习十年也不错。十年后，让我们看看谁更成功。"

在他当副部长的时候，对名牌大学毕业生在自己手下工作的事情津津乐道。我也承认 H 兄的选择是对的。他是一个满怀激情的人。

有一次，我们几个人吃完晚饭聊天，谈到了宗教的话题。其中有神学专业的几个人，他们平常都会去教堂做礼拜。我们在讨论过程中，提到宗教信仰中要有真正的权威，但什么是信仰的权威成了话题的焦点。这是 H 兄听到后来成为神学院教授的前辈的发言后，突然提出的一个问题。

可能我的性格太像父母，从来不会服从任何人或承认权威之类的东西。但我在母亲面前却无可奈何。我跟她意见相左时，她便会责备我："你这孩子，我生你养你，把你看得比生命都重要。你就在我面前说这样的话吗？"我就无话可说了。我认为这是母亲的权威，这种权威源于她对我的爱，没有人比母亲更爱我。

牧师善于说教，神学家则擅长理论学说，但这些距离获得上帝的权威还很遥远。现代人宁愿像多疑的多马，让耶稣展示自己被钉在十字架上的伤痕。[1]

　　真正信仰的权威是在践行爱的过程中产生的。在回忆H兄的往事时,我想起在他作古前两年做癌症治疗时遇见的李泰锡神父。他是一位神职人员,在非洲一个叫通季的村庄里传教的时候离开了人世。

---

1 耶稣复活之后,他的门徒之一多马不相信耶稣真的复活了,除非耶稣展示十字架钉在自己身上的伤痕。

人是社会性动物。
为周围人和社会付出的爱,会装满这个世界。
最重要的事情就是敞开心扉,
表达感激之情,去无私地分享爱。
这是人生一种幸福的义务。

我要爱更多的人

吃完早饭,我坐在二楼客厅的沙发上。

我静静地看着墙上的照片。朝阳下,喜马拉雅山洁白的山峰呈现出庄严的姿态。我很想去一次尼泊尔,但心愿从未实现。刚好摄影师朴兴植把这幅展出过的作品送给了我。也许是因年近百岁,最近有很多人投我所好,将一些白云题材的摄影作品、书籍和瓷器作为礼物送给我。

我一边喝咖啡,一边有了新的感悟。我的一生中,得到了无数人的帮助和爱,每天都在吃的食物也是一样。这些没有一件是我自己做的,就连今天喝的这杯咖啡,也是出自埃塞俄比亚的农民之手。在饭店看进口海鲜的原产地标志,就能发现它们是来自越南或者挪威。我们吃的农产品，也是很多人倾注了辛劳与爱心的产物。我身上穿的衣服和鞋子，面料也是从遥远的海外运送过来的。

还有一些人帮助我打理身体的某些部位。为我理发三十多年的理发师先生提前离开了这个世界。他临走时深感遗憾："几天后我就要关门了。对不起，不能再为您服务了。"直到上个月，我一直在一个熟人学生那里接受牙科治疗。他对我关怀备至，嘱咐我说："可能会有点儿疼，您忍一忍。"虽然我现在身体还好，但是以后还会需要更多医生或护士的帮助。

在我求学的道路上，与我相伴的有两千年前的先贤，也有亲自传授我知识的老师和同学们。如果没有充满爱心的学生，就没有今天的我。这不仅仅是知识和学问的问题。我存在的本身就是充满爱的生活的一部分。如果没有那么多人的帮助，我现在的生活就无法继续。我的人生就是用爱构筑的。

然而我又能做些什么呢？除了教书育人之外，就没有什么了。在过去的九十九年里，我得到了来自周围人的帮助和爱，但我只做了一件事，就是好好活着，将爱与温暖传递下去。这是一个多么美好的世界啊！如果能回到从前，我会怀着感恩之心来报答你们。我要爱更多的人。

到现在这个年龄，我明白了一些道理。我为自己做的事情，不会给自己留下任何东西。正如那句老话所说：空手而来空手而去。但是人们一起生活，就会留下幸福。因为人是社会性动物。为周围人和社会付出的爱，会装满这个世界。最重要的事情就是敞开心扉，表达感激之情，去无私地分享爱。这是人生一种幸福的义务。

第四章

看到年轻人,我就会变得热血沸腾

"教授,您读高中的时候谈过恋爱吗?"
学生们好像已经把我看作"年龄比较大的朋友"了。
托他们的福,我也觉得自己变得年轻了。

> 老师是一辈子无法离开学生的。

读高中的时候谈过恋爱吗

去年秋天，我参加了江原道杨口的一场聚会，讲了一些故事。和我预想的不太一样，听众大多是高中生——都是江原道唯一一所外国语学校优秀的有志青年。

不知道是不是因为上了年纪，最近我总会把听众看成小一个年龄阶段的人。看大学生觉得像高中生，高中生觉得像初中生。就像会把鸡看成小鸡崽一样，这次的听众正处于从"小鸡崽"到"成年鸡"的过渡阶段。我告诉他们教育的含义是什么，告诉他们人的成长会随着年龄的增长变得更加重要。

如果把人的一生看作一百里长的路，就学校教育而言，小学是十里，初中是二十里，高中毕业后就走完了三十里路。没有上大学的人，就像是坐了三十里路的火车然后就下车了。如果把上了大学的人，看作又乘坐火车前进了十里路，那么高中毕业的人就还剩下七十里路要走，大学毕业的人也还剩下六十里路要走。

在一些发达国家，义务教育会一直持续到高中。而在欧洲国家，读大学也是免费的。那也就是说，培养国家领导人是政府的责任。但是依然有很多人高中毕业后不会上大学。他们想要尽早步入社会就业、结婚，然后各自拥有幸福的生活。他们不想在大学毕业之后，为了专攻某个领域而劳累。所以只有少数人会选择接受大学教育。

但我们通常会认为，学校教育就是教育的全部。高中毕业生会觉得自己没能考上大学，从而轻视自己。大学毕业生则认为自己已经读完了大学，错以为学习已经结束了。所以他们放弃了接下来七十里或六十里的行程。然而问题是，靠自己的力量走完剩余的路程才是更加重大的责任。

在我们那个年代，没有意志力和目标的人不会读大学。上大学的人数虽然很少，但他们也会履行相应的社会责任。而且比起接受学校教育，依靠自身努力成功的案例也很多。长期以来和我关系很好的金秀学就是高中毕业，他是大邱市市长、庆北道知事、国税厅厅长、土地开发公司社长，还在新村本部担任要职。《土地》的作者朴景利则是晋州女高毕业。这些都是靠自己走完剩余六十里、七十里路程的卓越者。在企业里面这样的人才更多。

在演讲的时候，我向学生们叮嘱："为了自己，也为了整个社会，都要尽力去走完自己的一百里路。"演讲结束之后，几名学生对我说："老师，可以邀请您给我们学校的全体学生做一场演讲吗？""认真听了您的演讲，我会努力活成您所说的样子。"

一名女学生问道："教授，您读高中的时候谈过恋爱吗？"学生们曾在我被介绍为"和尹东柱诗人一起学习的百岁教授"时鼓掌欢呼，现在好像已经把我看作"年龄比较大的朋友"了。托他们的福，我也觉得自己变得年轻了。所以说老师是一辈子无法离开学生的。

纯洁美好的爱情会和年轻人一起成长。

美好的爱情会和人一起成长

上周一的晚上,我早一些到达了演讲地点,有几名听众让我在书上签名。有一位看起来五十岁左右的听众翻开了《永恒与爱的对话》,问我书里的主人公是不是就是我自己。我经常会从读者口中听到这个问题。演讲马上就要开始了,我抱着可能会对他有帮助的心态讲了一个故事。

很久之前,我被江原道知事K邀请到春川的道厅讲堂做演讲,主持人说:"知事本来想要亲自介绍您的,但是青瓦台那边突然有事情,他会尽快赶回来的。"然后主持人代替知事对我进行了介绍。结束了七十分钟的演讲后,时间已经很晚了,我还是想回首尔。总务科长却劝我一定要留下来,和知事共进晚餐。

后来我在酒店的餐厅里等到了K知事,他本来是部队将军,后来才做知事的。晚餐快结束的时候,知事告诉我他一定要见我的原因,他所说的内容是这样的。

十多天之前,他收到了装有书籍的包裹,上面没有寄件人的姓名和地址,但是字迹好像在哪里见过,所以他就打开了包裹,发现里面有一封信。信上写着:"因为违背了和您的约定,所以用书信来表示我的歉意。请读一下这本书里从某页开始写的日记,不知怎么,觉得内容就像我们之间曾经的誓言一样,我就读了很多遍,也哭了很多遍,上面可能还会有泪痕。没想到我看了之后,会这么伤心。但是即便这样,我也要忘了过去才行,所以把这本书寄给您。您可能很忙,但请务必读一读。"

K知事那天晚上读书到很晚,也哭了很多次。"您也有这样的过去吗?我每次读的时候,几乎都想哭,因为我无法忘记自己的初恋。而且,我们好像是因为太相爱才分手的。"

我问道:"您把那本书带来了吗?""我总不能把书带回家吧,就锁在了桌子的抽屉里。我昨天晚上又读了一遍,和您一起吃晚饭,就是想和您聊一聊这些。"他说。"您和初恋联系了吗?"我问道。"没有,我们分开的时候就断了联系,相约要祝对方幸福,可能她过得很幸福吧。她知道我成了道知事,就给我寄来了包裹。"他说话的声音越来越小，表情看起来特别悲伤。

那本书出版有六十年了，当时引起了很多读者特别是大学生的共鸣。纯洁美好的爱情会和年轻人一起成长。当时的我们，可以感受到美好灵魂的气息，我也想回到当初写那本书时的时光。

比我小七岁的人,
竟把我当作晚辈来对待了。
我觉得有点儿委屈,
又有点儿吃亏。

九十二岁的老爷爷说了非敬语

是因为到了一百岁吗？我无法推测所遇到的人的年龄，觉得很尴尬，有时候也会因此吃亏。特别是对于年轻人，就算假设他比自己推测的年龄还要大，我依然会觉得对方很年轻，看起来还是学生的样子。

前不久，我坐汽车到市内。好不容易找到了座位坐了下来，到了下一站有一位挂着拐杖的老人上了车，手腕上挂着一个小手提包。不管怎么说，我也应该让位。"老人家您这里坐。"说着我换到了后面的座位。他坐下来说了声"谢谢你"。

我想要在南山环路下车，前面的老人挂着两根拐杖也想要下车。我说着"您小心"，便扶着他一起下了车，老人的背往前佝偻着。"您这样一个人出门没关系吗？"我问道。"到了那边的胡同，就会有女儿或者是孙女来接我了。"他回答道。我们边走边聊："老人家，您有多大年纪了呢？"他瞄了我一眼，边走边说："我今年九十二岁。"我转身到一旁向他告别："老人家，走路小心些，祝您今天愉快。""谢谢你的帮助"，说着便用"四只脚"离开了。

我一边走着一边思索起来，比我小七岁的人，竟把我当作晚辈来对待了。我觉得有点儿委屈，又有点儿吃亏。从某个角度来想，又觉得不需要拐杖的我更应该感恩。

但我也并不总会因为年龄的问题吃亏。我之前在希尔顿酒店整理稿子，门口有四名女大学生各自拿着乐器聊着天走了进来。其中有一名年龄看起来很小的学生，一放下乐器就向我走来，用清澈的嗓音开心地和我打招呼："您是某某某教授吗？"我心里觉得她看起来最多也就是个研究生，觉得她这样有点儿失礼，都没有招呼她坐下来，只回答"不是的"。然后那个女学生才有了点儿抱歉的感觉，回去拿了名片之后，又回来了。原来她是Ｓ大学艺术学院的院长，我有些震惊。"我从来没做过学院院长，你是比我更优秀的人呀！"我边笑边和她聊天。以此为契机，我后来给Ｓ大学的学生做了一次演讲，同时也两次被邀请参加音乐会。

我们几天前又有了见面的机会。因为我即将满一百岁,所以想要在"杨口的纪念馆"举办一场音乐会来庆生。她欣然与我约定,如果有需要,她一定会来帮忙,让人十分感激。

比起这次相遇给我带来的恩惠,能给杨口的人馈赠一场音乐会,也算是我们偶然的相遇结出了美丽的果实。

上帝啊,如果赐予我健康,
让我去读中学;
让我长寿,我不会为了自己而工作,
会为了人类而工作。

十四岁的祈祷

是因为年龄的原因吗？最近不管去到哪里，坐一小时以上就会觉得是种苦役，所以我会避免去教会。不知道是否因为养成了长期的习惯，做演讲反而觉得不那么辛苦。

上周五晚，国内哲学界的代表季刊《哲学与现实》举办了三十周年的纪念会。虽然三年以来我也寄过稿件，但更因为有朋友金泰吉教授的挽留，所以我参席了长达两小时。我负责的勉励词十分钟之内就结束了，然后是进行持续一小时愉快交谈的晚餐时间。

参与的人都是哲学界的元老级人物。但也有比我小十五岁以上的年轻学者。我好像是活得太久了，不能不为此而感到惶恐。哲学界初创期的安浩相博士和延世大学的郑锡海教授一直活到了九十七岁。高亨坤教授一直到九十八岁还身体健康。但我比起这些前辈算是还要长寿三四年。金泰吉教授十年前离开了这个世界,安秉煜教授也是五年前作古了,只剩我一个人了。

对于我们"哲学界三剑客",人们曾经笑称:金泰吉教授是鹤相,会长寿而且晚年会享受荣光;安秉煜教授是龟相,长寿自然不必说,还会不论何时都带有自信;我是羊相,虽然一无所有,但八字是属于乐善好施的类型。

我比两位朋友活得时间长,而且一直到现在都坚持工作。如果问我谁是更健康的人,我会回答:同样的年龄做事情最多的人。但是现在像我这样长久坚持做大量工作的人,好像不多了。

事实上我出生的时候比谁都虚弱。母亲当着我的面经常说:"你能活到二十岁就好了。"不仅如此,我还度过了贫穷的童年时期。虽然当时大家都很贫穷,但贫穷于我过于难熬。想到朋友的时候,我就会觉得羡慕。我当时接受的小学教育不像样子,毕业之后连去中学的资格都不够,后来是在乡下的教会学校继续学习的。而没能进入别人都在读的公立学校。

我就这样度过了漫长岁月,现在成了哲学界长期以来做了很多工作的元老之一。因此到现在我都不能忘记,十四岁那年我的祈祷。

"上帝啊,如果赐予我健康,让我去读中学;让我长寿,我不会为了自己而工作,会为了人类而工作。"

> 我们之所以站在今天这个位置上,
> 是因为我们共同的心愿都是为了年轻人和国家的未来。
> 我们都不被自己的职业和社会的偏见所束缚,
> 活出了真正的人生价值。

两位老师和两位朋友

上周收到了两本书,高丽大学的同门给我寄了关于金性洙[1](号仁村)先生的书,还有一本是三位哲学家留下的《人生的果实》[2]。这再一次勾起了我对两位老师和两位朋友的回忆。

安昌浩(号岛山)[3]和金性洙两位先生是亲自指导我的恩师。我十七岁的时候聆听了岛山的最后一次教诲。我从

---

1 金性洙:1891—1955,韩国第二届副总统,韩国的独立运动家、教育家。

2 《人生的果实》:金亨锡、金泰吉、安秉煜三人合著的哲学书籍。

3 安昌浩:1878—1938,韩国独立运动家。

二十七岁开始,在中央高中做了七年的老师,仁村当时作为财团理事长给了我很大的精神影响。我为什么无法忘记他们呢?因为我对他们富于牺牲精神的爱国心深有感触,同时也对两位乐于交友和展现出的大爱有所共鸣。

在我们国家,再没有像兴士团[1]一样可以聚集人才为民族服务的共同体了。岛山的牺牲精神源自他的伟大人格,以及对国家和民族的热爱。岛山曾说,宁愿死也不会说谎,这于我至今仍是切实的忠告。

一九五五年,仁村葬礼的那天下午,我也前来参加了。云九游行[2]在高丽大学的校园里结束。高丽大学的教授们聚在休息室里说道:"先生在世的时候,最关爱我们,但是葬礼办成了政治意味比较强的国民葬,有点儿可惜。"

我的朋友安秉煜和金泰吉也和我的两位恩师具有一样的品格。我们之所以站在今天这个位置上,是因为我们共同的心愿都是为了年轻人和国家的未来。正因为我们有着这片心意,才能相互结缘,并共事长达五十年之久。同时,这两位朋友也和岛山、仁村一样,富有人情味儿。我们都不被自己的职业和社会的偏见所束缚,活出了真正的人生价值。

---

1 兴士团:安昌浩在美国旧金山创立的民族运动团体。

2 云九游行:去往天国的路,即送葬。

有一次我因事去首尔大学找安秉煜教授,等待多时的他做出一个意外的表情说:"我还以为金教授今天来不了了呢!"我说:"为什么这么说?"他说:"今天风大,我以为你在半路上被风刮走了呢。"我们相视一笑,相互握着的手感觉格外温暖。那双手好像在说:"我们好久不见了。"

作为我的朋友,安秉煜先生在离开之前给我留下了遗言:"金先生比我们要精力旺盛,所以他会好好完成我们未竟的事业。"他当时已经预料到自己将不久于人世。尊敬的安先生就这样离开了人世。

> 如果现在还有可以去拜年的老前辈该多好啊!
> 因为前辈们留给我的经验教训比压岁钱更珍贵,
> 也让我更幸福。

给前辈拜年的时候很开心

小时候,我们的寒假通常是从春节到元宵节期间。现在回想起来,儿时的春节是最让人开心的。春节是一年一次赚压岁钱的日子。挨家挨户到给压岁钱的人家里拜年的话,得到的钱数确实不少。我常常把钱装进口袋里伴着它入眠。

从那以后的几十年里,再也没有过那么欢乐的春节了。压岁钱没有了,拜年的机会也没有了。然后在我三十多岁时,又有机会去拜年了。那是在延世大学工作的时候。春节时,三十岁左右的晚辈教授们纷纷会去前辈教授家里拜年。前辈们分别是白乐濬、郑锡海、崔铉培、张智英和金允京教授。

有一次我去哲学系郑锡海教授家里拜年时,同行的英文系李军哲教授故意大声嚷嚷:"这些老头子活这么久,还要辛苦我们来给他们拜年。"听到这句话,郑教授笑着说:"真不好意思,你们再来十年就可以了。"李教授一边进门,一边向郑教授卖乖:"教授,我们给您拜年了。我们给您带的还是只有橘子和年糕汤。"他还想留下来喝一杯,然后拿出了葡萄酒。随后,我们向教授行大礼,教授还礼,整个过程庄重又严肃。

然后我们去了住在附近的金允京教授家。金教授一直把我们当作同龄人看待。他对待国文系的晚辈们也是如此。他拿出准备好的大本子,让我们把姓名写下来。一位教授打趣道:"教授是从新年开始就担心我们会缺席,所以要在登记簿上记名吗?"边说边写下了自己的名字。教授反问我们新年有没有好好计划计划。他饱含真情地看着我们。

轮到我发言了。我说:"从新年开始,我想减少对外活动,只专注于教书等学业上的事情。"就这样喝着茶,聊着天,不知不觉到了该离开的时候了。教授把我们送到大门外,单独对我说:"金教授,待会儿来见我一下吧。"大家都走后,教授又再三嘱咐了我:"金教授,请认真听我说。请不要那样做。学校的工作固然重要,但是社会上的活动也是真心实意邀请你的。就算减少其他工作的时间,也请不要拒绝参加社会活动。想想日本帝国主义强占时期吧,这些都是爱国性活动。"我不能违背教授对我的忠告。

这个忠告对我有很大的教育意义。我重新开始参与校外的社会性活动,一直持续到今天。我无法忘记教授为了坚守韩文,和崔铉培老师一起被日本警察抓去问话。

如果现在还有可以去拜年的老前辈该多好啊!因为前辈们留给我的经验教训比压岁钱更珍贵,也让我更幸福。

> 如果学生们能一直记着我,
> 我会比任何人都幸福。
> 因为爱就是最好的幸福。

压岁钱和零花钱

教育工作者是播种者,也是植树人,结出的果实则由社会采摘。当我到了一百岁时,就到了收获果实的时候了。我的学生们会获得成功,变得比我更优秀。去年秋天,我和我的学生一起获得了仁村奖[1],这是一件非常令人自豪的事情,因为这种事并不多见。

几年前,我的学生获得了社会界颁发的贡献奖。虽然是晚上,但我去礼堂的脚步非常轻快。仪式马上就要开始了,坐在获奖者位子上的学生还走上前,把我的外套接过来,边走边为我带路。学生是主宾,获奖的他发表了致谢

1　仁村奖:为纪念韩国独立运动家、教育家金性洙而设置的奖项。

词。他原本是少言寡语、与世无争的性格。但他在致谢词中表示，以后也会继承恩师——金老师的志愿继续努力。我对他的心意十分感激。

颁奖典礼结束时，他走过来，凑到我的耳边说："老师，您听到我的发言了吗？我在您的大衣里放了一个信封，想给您一些零花钱。请别见怪，您拿去用吧。"说完便转身离去。

因为忙着在典礼上和很多人打招呼，我到家时已经很晚了。大衣口袋里这个厚厚的信封，勾起了我儿时的回忆。我不禁想起了春节时挨家挨户串门，领压岁钱的情景，怀念起了用压岁钱买画片和玩具，和朋友们一起嬉笑打闹的岁月。那是一年中我们翘首期盼的重大节日。

如今已过去了九十年。这些年因为同事和晚辈教授们年事已高，没有收入，常会提起没有零花钱。春节临近，因为担心没钱给孙子们发压岁钱，会提前向儿女要零花钱，儿女们就会提前寄来现金。其中一部分作为压岁钱，剩下的则是自己的零花钱。又有些朋友在过生日时，告诉儿女不需要礼物，儿女也会寄来现金。

想想看，人生似乎是从压岁钱开始，最后以零花钱结束。压岁钱是快乐的开始，但是不知道零花钱是否会成为人生快乐的结尾。我的人生似乎也是从压岁钱的快乐开始的，以后则会一直使用零花钱。

但是今天我收到的零花钱，性质不太一样，让我觉得比起我对学生的爱，学生对我的爱更多一点儿。即便没有零花钱也好，如果学生们能一直记着我，我会比任何人都幸福。因为爱就是最好的幸福。

> 我在意的不是神学或哲学本身,
> 而是解决人类问题的命题。

我的人品该打多少分呢

几天前我收到了《月刊朝鲜》第三期。上个月我在"哲学之家"里接受的采访内容占据了多个版面。在里面能看到中学时代的母校照片,也能看到我和安秉煜、金泰吉教授的合影。

其中,我还发现了一张自己在日本上智大学上学时的照片。那是一张二十世纪四十年代韩国留学生们的合影。前排的学生中,最左边的是金寿焕,最右边的是我。看到我的这张照片,大家都会说:"学生时代的金教授原来是个美男啊!"我也想承认这个事实,但嘴上还是说:"我不是美男,是被金寿焕衬托的。"玩笑归玩笑,但却是公认的事实。金寿焕是小我两届的学弟。

但后来我们没能继续这幸福又充满意义的大学生活。太平洋战争爆发后,日本大学生被征召到前线。日本军部下达了让韩国大学生以志愿兵的身份入伍的命令。我们迫于警察的压力,无法摆脱被强制征兵的命运。从那时起,我和金寿焕天各一方,好多年都没有再见面的机会。

解放后,金寿焕一心想成为天主教司祭[1],所以去了德国留学,学习哲学和神学。他没有听取指导教授让他当学者的劝说,而是去当了司祭。他似乎对社会哲学的兴趣更大。金寿焕成为梵蒂冈备受关注的枢机主教,并被赋予改革天主教的重要使命。作为最年轻的枢机主教,他想告诉大家:教会是为社会服务的,社会不是为了教会而存在。他是担负创新使命的典范,为天主教和韩国社会做出了不可磨灭的精神贡献。

我是基督教新教的一名普通信徒。在大学学习哲学时,比起信徒,我更以哲学学徒的身份自居。那时,我想成为一个拥有智慧的自由人。我在意的不是神学或哲学本身,而是解决人类问题的命题。我对我们民族是否能怀揣希望,改变历史性的悲剧命运而苦恼。于是,我得出了这样的结论:就像我无法自救一样,人类所有的可能性加起来,也无法改变世界历史的方向。

---

1 司祭:希腊语的祭司或者神父的意思。

为了解决这些问题，金寿焕选择了当枢机主教的道路，而我则承担起了作为信徒的义务。我和枢机主教金寿焕最后一次见面，是在二〇〇〇年他获得第二届仁济人性大奖[1]的时候。他说，继前辈之后，我得到这个奖项，对此我感到非常光荣。

现在我看着枢机主教金寿焕的照片陷入了沉思。如果说他的人品是一百分的话，那我应该是几分呢？希望能达到八十分吧。

---

1 仁济人性大奖：由仁济大学颁发，授予具有仁德济世的奉献精神的影响力人物，金亨锡获得了第一届（1999年）的奖项。

> 学生需要得到对自己实力公正的评价,客观地认识自己所处的位置。这种姿态也是年轻人应有的样子。

不要培养在良心上
有"前科"的人

一直被外界信赖的教育界也曾经发生过令人羞愧的事件。有报道称S女高的老师给自己的两个女儿漏题。还有某大学的教授，把自己的研究成果作为和子女的共同作品进行发表。

如果以上事件是事实，那么这些家长的行为就违背了教育的本质。水准低的父母会错以为，把自己的欲望施加在孩子身上就是对他进行教育，这是缺乏智慧的行为。如果真的爱子女，会去思考儿女到了四五十岁的时候，会具有怎样的人格，能否进行正常的社会生活，从而给予他人格之爱。而愚蠢的父母和老师，如果陷入自己欲望的旋涡，可能会让儿女的一生变成"在良心上有'前科'的人"。

我大儿子小升初的时候，我想把他送到大光中学读书。但是那一年大光中学已经举行过第二次入学考试。我妻子就去找班主任商议。班主任说我儿子排名第十一，前十一名都会申请竞争最激烈的京畿中学，我儿子也是可以申请的。但是在他们班里，最终被京畿中学录取的学生只有第一名和我们家孩子。妻子和别的学生父母见面的时候谈到这些，其他家长说："你们家孩子没有'妈妈的分数'，应该是靠自己的实力。"妻子没有去学校找过人。作为母亲为了自己的野心而上下打点，会让孩子变得不幸，这样是行不通的。

我的前辈C教授曾和儿子约定，一直到从延世大学毕业之前，绝对不能告诉别人自己是C教授的儿子。因为当时大学的规模还比较小，其他教授可以轻易知道哪位学生是学校教授的子女。C教授怕儿子会因此受到特别的待遇。

我的儿女也曾读过延世大学。我也和C教授一样，让两个孩子不要告诉别人自己的父亲是谁。如果听课的学生中有我们家的孩子，我也不想告诉自己年轻的同事或者助教。学生需要得到对自己实力公正的评价，客观地认识自己所处的位置。这种姿态也是年轻人应有的样子。

我的两个孩子，儿子后来成了延世大学的教授，女儿也在美国做教授。所有父母都应该把孩子当成在运动场上公平竞赛的选手。这是对子女应尽的责任。

高考结束后，经常有妈妈带着孩子参加入学说明会[1]。我和妻子从未参加过那种聚会。虽然我们不知道最近高考制度会怎样变化，但孩子在高中毕业之后就已经是成年人了。为了让孩子自己为了将来而做出选择，承担相应的责任，我们只需要在他身后默默支持他。

希望我的想法可以给即将入学的学生和家长们提供微小的帮助。

---

1 入学说明会：学校告知新生选拔的标准和条件的说明会。

> 抚养孩子的过程中就会发现,
> 他们的人生观在青少年时期已经形成。

德国交换生为什么哭了

　　大孙女去德国待了好几天。几天后听到她的消息,我很高兴。

　　那是很久以前的事了。曾经有一个读高中二年级的德国女学生来到我家住了一年。她是以基督教交换生的身份来的,我给她起名燕子。她叫我们爸爸妈妈。

　　到我们家后的第二天,燕子对妻子说:"妈妈,这一年里我应该做些什么呢?"妻子说过一会儿再和她说,让她先等一下。因为她在家一直会分担家务,所以才会这么问。我跟燕子约定:"每个月给你两千韩元作为零花钱,学费和书费会另外给你……"

　　但这个孩子真的很节约。她为了省下从我家新村到西大门乘公交车的费用，经常走着过去。有一次我和她一起乘车，我给了乘务员十韩元，那是两个人的费用。乘务员接过钱就走了。燕子拿出五韩元，想自掏腰包。我说："你把钱收好，今天爸爸来付钱。"她问其他兄弟姐妹是不是也这样做。我说是的，然后她就开心地把钱放回钱包里了，好像挣到了五元一样高兴。妻子想知道她把省下来的用在了哪里，特地让我去了解一下。

原来她常去社稷公园旁边的儿童医院。在这里入院后离世的孩子，多数是来自孤儿院需要接受治疗的可怜孩子。每个星期六下午，燕子都会去这家医院和孩子们一起画画，一起唱歌，一起做游戏。她就是为了帮助他们，才省下零用钱的。

燕子在我们家待了快一年，一个周六下午，我回到家里，发现燕子一个人在自己的房间里伤心地哭泣。我敲了敲房门，安慰她说："你是不是因为只在这里待一年，就要回去觉得舍不得？"燕子说："爸爸，我今天最后一次去了儿童医院，因为下周二就要回到德国，不会再回来了，所以孩子们都哭了，我也哭了。我一路哭着回来的。"她按捺不住自己的情感，大哭起来。

我也很伤心，感叹道：那些孩子接受了他们应该接受的德育。在羡慕他们的同时，一种肃然起敬的情感在心中油然而生。所以在金泳三总统执政时，我们也曾提议给青少年创造志愿活动的机会。当时,我们的教育界正与因校园暴力引发的社会不安做斗争。

抚养孩子的过程中就会发现,他们的人生观在青少年时期已经形成。如果能够再次站在讲台上的话,我想和学生们一起分享充满感动的爱。

对于不说一句话,只是和我握手,
同时打量着我的年轻人,
我心中也觉得热血沸腾,
想给他们一个拥抱。

看到年轻人，
我就会变得热血沸腾

我现在也会经常发表演讲，截至今年八月中旬，我一共举办了一百五十多次演讲。演讲结束之后，听众一般会有三种反应。

少数人听过演讲后，会觉得演讲的内容不合时宜。这部分人要么带有政治的偏见或者固定的观念，要么跳不出宗教里先入为主的观念。也有很多僧人是我的读者，还有神父邀请我到教堂做讲师。强调新教保守信仰的引导者们跟我的想法会有不同，这些人不认为政治、信仰是每个人自由的选择。我自己并不觉得和我有一样政治观和信仰的人就是最好的听众。能够给大家提供一个新的方向，或者一种有益的见解就足够了。

我还会经常听到有人称赞:"真是名人演讲啊!"他们其实是对听众数量众多而表示满意。一般是举办活动的人,或者得到政府机构的支持主办演讲的人会说这样的话。他们是协助演讲成功举办的工作人员。

还有一些人会抱着"想来看看这人到底有多老"的想法,这些人之前听过我的演讲,在犹豫要不要来的时候,这个想法让他们下定决心来听演讲了。这些听众我也很欢迎,他们一般在学生时期或者之前,听过一两次我的演讲。有时候负责演讲活动的人自己虽然不听演讲,但担心演讲会超时,所以中间也会进来旁听。因为比起演讲的内容,活动的顺利举办更加重要。

在演讲结束的时候,我经常怀着感激之情。比如不爱鼓掌的忠清道听众,或者是没有鼓掌习惯的江原道听众。虽然这些听众鼓掌不太积极,但直到我退场离去,还坚持坐在听众席。我离场的时候,在走廊两旁坐着的人也会和我打招呼,表情看起来充满感谢。

这些听众是用表情在说"谢谢""感谢"。一些人还会鼓起勇气,走到我旁边说:"请保持健康长寿,虽然会很辛苦,但希望您到其他地方也能发表这么精彩的演讲。"我也会答道:"我会的。"对于不说一句话,只是和我握手,同时打量着我的年轻人,我心中也觉得热血沸腾,想给他们一个拥抱。不知道是不是因为他们让我想起了我年轻的时候,去听安昌浩先生演讲的样子。

是因为到了一百岁吗?最近我脑子里会经常浮现孔子和释迦牟尼佛的教导。我还经常阅读《圣经》。

不知会在什么时候,我的演讲对于听众而言就是最后一场演讲了。让我觉得最有价值的事情,就是留下更多能够帮助别人的精神财富。

结　语

　　我迎来九十九岁这年的三月,《朝鲜日报》希望我能在《不管怎样,周末了》栏目上连载《金亨锡的百岁日记》。我没怎么关注过"周末",而活到了一百来岁。我虽然不想去写那种谁都可以写的文章,但因为一直是《朝鲜日报》的读者,所以觉得可以发表一些自己持有的人生观,以及对一些社会问题的看法,于是开始动笔。现在已经过去两年了,我也写了一百多篇日记。

　　我认为我们国家发生不幸和面临苦痛等问题的核心,是因为丢掉了很基础的"共同体意识"。坦率地说,这是一个不懂得团结的社会。

不懂得沟通的重要和价值的人，通过斗争获胜之后，就以成功者自居。如果程度严重的话，就会陷入集体性的利己主义，会认为划分阵营是很平常的一件事情，错以为集团性的斗争就是走向社会正义的路。彰显和睦、协作的指导者正在消失，结果就带来了社会性的苦痛和危局。

最近不同时代的人之间的隔阂和矛盾都在显露。青年人看重"带有知性的勇气"，壮年人觉得"带有价值观的信念"是必需的，老年人则认为一定要"从经验中获得的智慧"。只有这三代人共同生存，我们才会变得幸福，社会也会变得安定。

但是当局者把年轻一代作为政治手段来利用，让老年人一代受到排挤，结果只会造成我们所有人的不幸以及整个社会的倒退。

带着这样的忧虑和反思，我最近写了很多领域的文章，反响比我预想的要好。初次见面的人，都会和我说读了《金亨锡的百岁日记》，说会和家人一起看，很感激我。我去首尔周边城市的时候，也听说我的文章成了老人们使用的人文学讲义教材。对此，我表示十分感激。希望在我还能和大家对话的时候，可以共享更加多样、对大家有益的想法。

这次金英社将这些文章编辑成一本书来发行，希望这本书对老年读者来说是一件珍贵的礼物；对青壮年读者来说，可以传达享受幸福又充满意义的生活的态度，传达人生活到百岁的希望。如果这种希望能够达成，我将感激不尽。

二〇二〇年四月
金亨锡

* 感谢《神爱之家》的社长李钟玉先生代替作者完成本书的编辑工作。